MARÍ
LIA
DE
DIR
CEU

MARÍLIA DE DIRCEU

tomás antônio gonzaga

textos informativos:
fátima mesquita

© Panda Books

Direção editorial
Marcelo Duarte
Patth Pachas
Tatiana Fulas

Coordenação editorial
Vanessa Sayuri Sawada

Assistentes editoriais
Henrique Torres
Laís Cerullo
Samantha Culceag

Projeto gráfico e capa
Casa Rex

Diagramação
Victor Malta

Notas
Fátima Mesquita

Estabelecimento de texto
Ronald Polito

Edição das notas
Mayara Freitas

Revisão
Mayara Freitas
Tássia Carvalho
Ronald Polito

Fotos
P. 15: © Agnes Monkelbaan/CC BY-SA 4.0; p. 16: © Kateko/iStock; p. 39: © Serikbaib/iStock; p. 71: © Kamil/CC BY-SA 3.0; p. 138: © Phil Champion/CC BY-SA 2.0; p. 185: © Rijksmuseum/domínio público; p. 232: © Gerard Alís Raurich/CC BY-SA 4.0; p. 237: PANTHEON Escolar Brasileiro. "Thomaz Antonio Gonzaga". Rio de Janeiro, RJ: Livraria de J. G. de Azevedo, [19--?].

Impressão
Loyola

Este livro foi estabelecido com base na primeira edição de 1792, publicada pela Typografia Nunesiana, em Lisboa; na primeira edição da segunda parte de 1799, publicada pela Officina Nunesiana, em Lisboa; na edição de 1812, publicada pela Impressão Regia, em Lisboa; nas edições críticas de Rodrigues da Lapa, de 1942, publicada pela Companhia Editora Nacional, em São Paulo, e de 1957, publicada pelo Ministério da Educação e Cultura e pelo Instituto Nacional do Livro, no Rio de Janeiro; e na edição crítica de Melânia da Silva de Aguiar, de 1992, publicada pela Garnier, no Rio de Janeiro.

CIP-BRASIL. CATALOGAÇÃO NA PUBLICAÇÃO
SINDICATO NACIONAL DOS EDITORES DE LIVROS, RJ

G651m

Gonzaga, Tomás Antônio, 1744-1810
Marília de Dirceu / Tomás Antônio Gonzaga; textos informativos: Fátima Mesquita. – 1. ed. – São Paulo: Panda Books, 2023.
240 p.; 23 cm.

ISBN 978-65-5697-305-0

1. Poesia portuguesa. I. Mesquita, Fátima. II. Título.

23-83940
CDD: P869.1
CDU: 82-1(469)

Gabriela Faray Ferreira Lopes – Bibliotecária – CRB-7/6643

2023
Todos os direitos reservados à Panda Books.
Um selo da Editora Original Ltda.
Rua Henrique Schaumann, 286, cj. 41
05413-010 – São Paulo – SP
Tel./Fax: (11) 3088-8444
edoriginal@pandabooks.com.br
www.pandabooks.com.br
Visite nosso Facebook, Instagram e Twitter.

Nenhuma parte desta publicação poderá ser reproduzida por qualquer meio ou forma sem a prévia autorização da Editora Original Ltda. A violação dos direitos autorais é crime estabelecido na Lei nº 9.610/98 e punido pelo artigo 184 do Código Penal.

O QUE É UM CLÁSSICO?

Não sei você, mas pra mim "clássico" mesmo é jogo de futebol, tipo Fla X Flu, Coringão X Porco, Brasil X Argentina. Só que, na escola, os professores de português e de literatura cismavam em dizer que "clássico" eram os livros chatos que eles queriam porque queriam que a turma toda lesse. Ah, e não bastava empurrar pra cima da gente livro velho de fala complicada que a gente mal entendia. Além disso, eles ainda queriam que a gente fizesse exercício e prova sobre os textos. Pode haver castigo maior? E por que é assim?

Na minha aventura para tentar entender esse grande mistério da humanidade, comecei checando no dicionário o que quer dizer a palavra "clássico". A definição varia de A a Z, mas lá pelas tantas diz mais ou menos assim: "Obra que se mantém ao longo dos tempos, que se tornou um modelo de inspiração, que pela sua qualidade obteve consagração definitiva".

Beleza. Pra mim, saber melhor o que é considerado um "clássico" já ajudava a entender muita coisa, mas não mudava a minha opinião de que os clássicos eram uns chatos de galocha! E eu segui batendo nessa tecla por muito tempo, até que resolvi reler livros que eu havia empurrado com a barriga na escola pra ver se dava para acabar com essa conversa de sempre: de que os tais "clássicos da literatura brasileira" eram uns livros mais chatos que bêbado contando sonho. E, galera, vou admitir: quanto mais eu lia, mais eu gostava do que eu lia e mais eu me espantava com isso :)

TOMA AÍ UMAS INFORMAÇÕES SOBRE TOMÁS, TÁ?

Nascido em Portugal, filho de brasileiro com portuguesa, Tomás Antônio Gonzaga veio para o Brasil órfão de mãe, ainda menino. Morou em Recife e em Salvador, e depois meteu-se em um navio pra fazer facul na sua terra natal.

Em Coimbra, nosso Tomás estudou para ser advogado e conheceu Alvarenga Peixoto. As coisas estavam indo bem, ele se formou e ficou de boa trabalhando e fazendo seus poemas, até que descolou um cargo de magistrado em Vila Rica – hoje

Ouro Preto –, na capitania de Minas Gerais. E lá veio Tomás para o Brasil novamente.

Quando desembarcou aqui, o poeta estava com 38 anos e era um solteirão. Ele reencontrou Peixoto, que o apresentou ao poeta Cláudio Manuel e mais uma pá de gente importante. Na casa de um desses novos conhecidos, ele esbarrou pela primeira vez com Maria Doroteia Joaquina de Seixas e se apaixonou.

A moça era uns 22 anos mais nova que ele – tinha lá seus dezesseis anos –, mas naquele tempo isso não era chave de cadeia (como tem que ser, né?). Mesmo assim, a família dela ficou cabreira, porque eles eram bem mais ricos que Tomás. Só que a desconfiança não deu em nada, e os pombinhos logo ficaram noivos.

Uma das coisas que Tomás mais curtia fazer naquela época era encontrar seus amigos poetas para conversar sobre tudo e qualquer coisa. E no meio do fala-fala que rolava, havia também muito assunto ligado à política, muita reclamação de como as coisas estavam em Minas Gerais.

O LEITE DERRAMADO

Olha só a situação: durante uns sessenta anos, Portugal enriqueceu com a extração de toneladas e toneladas de ouro do solo brasileiro, até que a produção começou a diminuir.

A essa altura, as autoridades não acreditaram que a diminuição do ouro era uma realidade irremediável, que a extração fácil desse minério estava de fato acabando. O volume já não era o mesmo. Assim, insistiram em colocar a culpa no roubo, no contrabando, que, cá entre nós, rolava desde sempre por debaixo do pano. Acrescente aí uma outra encrenca que já vinha se arrastando: a cobrança de impostos. As regras eram confusas e frequentemente rolavam minirrevoltas.

Mas Portugal não queria saber se o pato era macho. Só queria saber do ovo, e mandou avisar que ia cobrar os atrasados todos. No meio disso tudo, foi embora o Cunha Meneses, governador do pedaço, que estava sempre privilegiando os chegados e avacalhando os outros.

Tomás achou isso ótimo, porque ele vivia em clima de eterna briga com o cara, e ficou mais feliz ainda quando viu que o substituto seria o Visconde de Barbacena, que era um amigo lá de Portugal. Só que a mudança não rendeu nada de bom.

O visconde colocou as manguinhas de fora e avisou que ia ter cobrança dos impostos atrasados, por meio da chamada derrama. E aí, aqueles amigos que se reuniam para um bate-papo e já arquitetavam mudanças para a região ficaram em polvorosa, pensando em dar um olé em Portugal e fundar um novo país ali em Minas Gerais.

No meio do caminho, porém, o visconde-governador recebeu a dica do dedo-duro Joaquim Silvério dos Reis, que, em troca do perdão de suas dívidas, topou trair os amigos. E o que aconteceu é que o leite estava de vez derramado e até cheirando a azedo, com o grupo de revoltosos indo parar na cadeia, inclusive o nosso Tomás, que, aliás, tinha já o Silvério como inimigo por conta de outras situações.

INCONFIDÊNCIAS E CONFINAMENTOS

As investigações concluíram que Tiradentes era o líder do negócio todo, e Portugal puniu o cara com morte na forca seguida de esquartejamento e exibição de pedaços do corpo distribuídos por várias cidades. Alvarenga Peixoto também rodou. Puxou cadeia ao lado de Tomás na Ilha das Cobras e, depois de julgado e condenado, foi despachado para Angola, onde, não demorou muito, adoeceu e morreu.

Cláudio Manuel da Costa foi outro considerado envolvido dos pés à cabeça naquela tentativa de independência, mas nem chegou a sair de Vila Rica, porque se suicidou ali mesmo quando viu que a coisa estava ficando feia para o lado dele – se bem que tem uma turma que diz que ele não se matou foi nada, e que ele foi "suicidado".

Já o nosso Tomás ficou três anos atrás das grades na fortaleza da Ilha das Cobras, no Rio de Janeiro, e, apesar de o tempo todo dizer que era inocente, foi condenado e colocado num navio para ir morar em Moçambique. Lá, ele se casou, não com a sua amada Doroteia, teve dois filhos e morreu, em 1810.

A MARCA DA ARCA

A Arcádia é uma região da Grécia que emprestou seu nome a um estilo literário, o Arcadismo, que bombou no século XVIII com essa levada de cultura grega e latina que, aliás, trouxe para seus escritores o título de neoclássicos.

O tipo de texto que essa turma queria compor tinha também muito a ver com o Iluminismo e o *boom* da tecnologia e da industrialização. Em cima disso, eles procuravam escrever como seres racionais que buscavam a simplicidade por meio de temas que exploravam a vida no campo, o aqui e o agora e um quê de pouca ambição.

E quem fazia parte dessa gangue? Em Portugal e no Brasil, a gente tinha o Tomás, o amigo dele, Cláudio Manuel, e ainda Bocage, Santa Rita Durão e Basílio da Gama.

AS LIRAS PRA MARÍLIA

A lira era um instrumento musical que acompanhava os poemas que os gregos faziam na Antiguidade. Sim, os poemas ali eram todos cantados. Foi só depois, no século XV, que a poesia alçou voo solo. Aí, lira virou sinônimo de criação poética.

E este livro do Tomás tem um monte delas: numa primeira parte, publicada em 1792, a gente tem 33 liras que falam do amor dele por Marília e vice-versa. O segundo bloco traz outras 38 liras, saiu em 1799, e apresenta como temas principais a saudade que ele tem de sua amada, a tristeza da prisão e a dor de se sentir injustiçado. Já a terceira parte mistura nove liras com treze sonetos e foi impressa dois anos após a morte do autor, contendo poemas escritos antes mesmo de Tomás conhecer Doroteia.

Aliás, que fique claro que (quase) tudo no livro cheira a autobiografia: Dirceu = Tomás e Marília = Maria. Mas por que este livro importa tanto? Acontece que Tomás conseguiu fazer nele versos bonitos que comunicam bem sentimentos humanos, dúvidas, medos e, ao mesmo tempo, ainda retratam legal o Brasil que ia se formando ou, mais especificamente, a Minas Gerais que ganhava seus contornos culturais *et cetera* e tais.

Por fim, uma curiosidade: Bento de Abreu Sampaio Vidal, um dos fundadores de Marília, no interior de São Paulo, batizou assim a cidade depois de ter lido e curtido este livro aqui, sabia?

ROL D'OBRAS

Desculpa aí! Quis fazer o título dessa parte imaginando que eu poderia assumir a identidade do próprio Tomás na hora de escrever o que é simplesmente uma lista de obras do autor. Mas vamos lá: ele publicou um volume sobre direito e depois dois livros de poemas, o *Marília de Dirceu*, que foi ganhando novos trechos até ficar completinho, e ainda as *Cartas chilenas*, que ele escreveu antes de começar o *Marília de Dirceu*, mas que só saiu com o nome dele assinando a obra em 1863 – o que aconteceu é que primeiro o texto, que era muito crítico e tirava uma onda brava pra cima de figuras importantes lá de Vila Rica, circulou à vontade por um tempo sob o nome fictício de Critilo. Porém, muita gente desconfiava de que aquilo era do Tomás, e vinha inclusive daí boa parte do desentendimento do autor com o dedo-duro Silvério dos Reis.

Olha só que coisa boa: pra encarar este livro sem estresse, você não precisa estar apaixonado por esta obra do Tomás que nem o Dirceu era doidão de amor pela Marília, sabia? Porque, nesta nossa edição, você vai dar de cara com **informações extras** a cada página virada. São dicas com o significado de palavras que podem soar estranhas e avacalhar o fluxo da leitura, imagens que esclarecem complicações variadas, notinhas que dão a geral do contexto dos escritos do autor e até sugestões pra você alimentar sua curiosidade lá nos confins da internet... Ou, em outras palavras, aqui tem tudo pra sua leitura ficar facinha e gostosinha!

f Fotos para contextualizar a cena.

g Sugestões de pesquisa na internet.

t Comentários curtos e curiosidades.

YouTube Dicas de vídeos para assistir on-line.

Significado de palavras e expressões em vermelho.

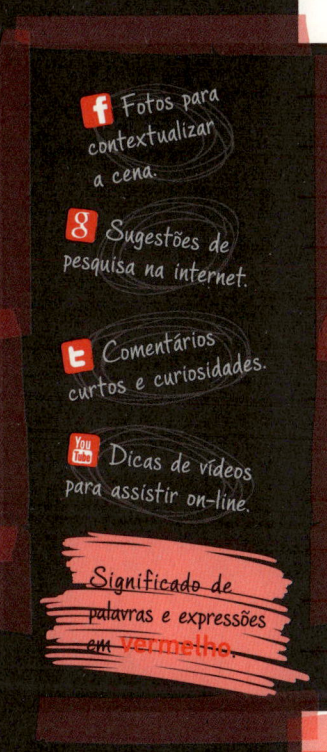

Fátima Mesquita

SUMÁRIO

PRIMEIRA PARTE	13
LIRA I	14
LIRA II	17
LIRA III	21
LIRA IV	23
LIRA V	27
LIRA VI	30
LIRA VII	32
LIRA VIII	34
LIRA IX	36
LIRA X	38
LIRA XI	41
LIRA XII	44
LIRA XIII	47
LIRA XIV	52
LIRA XV	54
LIRA XVI	56
LIRA XVII	59
LIRA XVIII	63
LIRA XIX	65
LIRA XX	67
LIRA XXI	69
LIRA XXII	72
LIRA XXIII	74
LIRA XXIV	76
LIRA XXV	78
LIRA XXVI	83
LIRA XXVII	84
LIRA XXVIII	87
LIRA XXIX	89
LIRA XXX	91
LIRA XXXI	92
LIRA XXXII	96
LIRA XXXIII	98
SEGUNDA PARTE	101
LIRA I	102
LIRA II	105
LIRA III	107
LIRA IV	109
LIRA V	111
LIRA VI	113
LIRA VII	115
LIRA VIII	117

LIRA IX	120
LIRA X	123
LIRA XI	125
LIRA XII	127
LIRA XIII	130
LIRA XIV	132
LIRA XV	134
LIRA XVI	137
LIRA XVII	140
LIRA XVIII	142
LIRA XIX	144
LIRA XX	147
LIRA XXI	150
LIRA XXII	152
LIRA XXIII	154
LIRA XXIV	156
LIRA XXV	158
LIRA XXVI	161
LIRA XXVII	163
LIRA XXVIII	167
LIRA XXIX	169
LIRA XXX	171
LIRA XXXI	173
LIRA XXXII	176
LIRA XXXIII	179
LIRA XXXIV	181
LIRA XXXV	183
LIRA XXXVI	185
LIRA XXXVII	187
LIRA XXXVIII	189
TERCEIRA PARTE	193
LIRA I	194
LIRA II	200
LIRA III	203
LIRA IV	205
LIRA V	208
LIRA VI	210
LIRA VII	213
LIRA VIII	216
LIRA IX	220
SONETOS	223

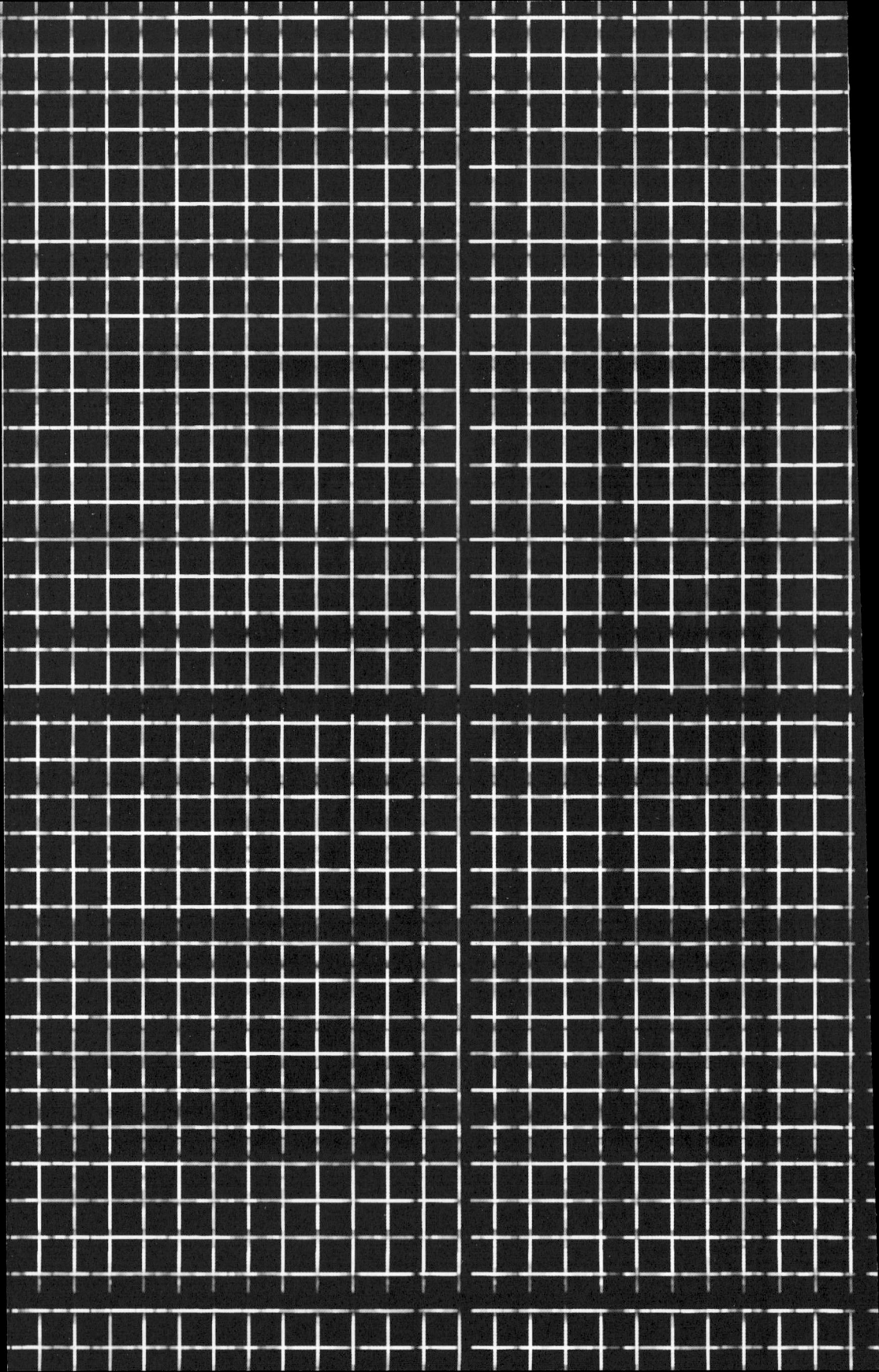

PRIMEIRA PARTE

LIRA I

- A amada do autor se chama, na verdade, Maria Doroteia Joaquina de Seixas (1767-1853).

- "Casal" vem de *casalis*, do latim, e é uma moradia simples, pobre.

- "Estrela", aqui, é "sorte das boas".

- Na mitologia grega, a mãe de Narciso procurou um adivinho, que disse que o rapaz teria vida longa se nunca visse o próprio rosto. Só que, um dia, Narciso vê seu reflexo na água e, de tão belo, se apaixona por si.

- Quando o Arcadismo entrou na moda, muitos autores escreviam como se fossem pastores de ovelhas, como se a vida rural fosse um paraíso.

- A sanfoninha não tem nada a ver com a de hoje. É uma mistura de teclado com manivela de ferro. Para ouvi-la, dê uma olhada no YouTube.

- Alceste era um dos heterônimos do poeta Cláudio Manuel da Costa.

Concertar: fazer soar.

Eu, **Marília**, não sou algum vaqueiro,
Que viva de guardar alheio gado,
De tosco trato, de expressões grosseiro,
Dos frios gelos, e dos sóis queimado.
Tenho próprio **casal**, e nele assisto;
Dá-me vinho, legume, fruta, azeite,
Das brancas ovelhinhas tiro o leite,
E mais as finas lãs, de que me visto.
    Graças, Marília bela,
    Graças à minha **Estrela**!

    Eu vi o meu **semblante** numa fonte,
Dos anos inda não está cortado,
Os **Pastores**, que habitam este monte,
Respeitam o poder do meu cajado.
Com tal destreza toco a **sanfoninha**,
Que inveja até me tem o próprio **Alceste**:
Ao som dela **concerto** a voz celeste, ▸

Nem canto letra, que não seja minha,
      Graças, Marília bela,
      Graças à minha Estrela!

Mas tendo tantos **dotes da ventura**,
Só apreço lhes dou, gentil Pastora,
Depois que teu afeto me **segura**,
Que queres do que tenho ser Senhora.
É bom, minha Marília, é bom ser dono
De um rebanho, que cubra monte, e **prado**;
Porém, gentil Pastora, o teu agrado
Vale mais que um rebanho, e mais que um trono.
      Graças, Marília bela,
      Graças à minha Estrela!

Os teus olhos espalham luz divina,
A quem a luz do Sol em vão se atreve:
Papoila, ou rosa delicada, e fina,
Te cobre as faces, que são cor da neve.
Os teus cabelos são uns fios d'ouro;
Teu lindo corpo **bálsamos vapora**.
Ah! Não, não fez o Céu, gentil Pastora,
Para glória de Amor igual tesouro.
      Graças, Marília bela,
      Graças à minha Estrela!

Leve-me a **sementeira** muito embora
O rio, sobre os campos levantado;
Acabe, acabe a peste matadora,
Sem deixar uma **rês**, o **nédio** gado.
Já destes bens, Marília, não preciso:
Nem me cega a paixão, que o mundo arrasta;
Para viver feliz, Marília, basta
Que os olhos movas, e me dês um riso.
      Graças, Marília bela,
      Graças à minha Estrela!

Irás a divertir-te na floresta,
Sustentada, Marília, no meu braço;
Aqui descansarei a quente sesta,

> Traduzindo: presentes (dotes) dados pela felicidade (ventura).

> Segurar: garantir, atestar.

> Prado é uma grande área sem muitas árvores, boa para bichos como ovelhas e vacas pastarem.

> Em Portugal é assim que se escreve até hoje o nome da flor que conhecemos como papoula.

> Bálsamo: aroma, perfume.

> Vaporar: recender, exalar.

> Sementeira é a terra preparada, que já recebeu as sementes e está pronta para gerar plantas.

> Rês é todo bicho de quatro patas que pode servir de alimento.

> Nédio: gordo, roliço.

Regaço: colo.

▶ Naquela época, em Portugal, o cajado usado no pastoreio servia também para resolver desentendimentos na base da pancada, o que acabou virando uma espécie de esporte marcial.

▶ Bonina é uma flor da família da margarida, também conhecida como bem-me-quer.

▶ Louvores são elogios. Em um dos poemas de Ovídio, autor da Antiguidade, Enone lembra a Páris como ele várias vezes rabiscou gracinhas pra ela nos troncos das árvores.

Dous: dois.

▶ Campa é uma laje de pedra colocada sobre um túmulo.

▶ O cipreste simboliza morte e luto. Inclusive, é uma árvore tradicional em cemitérios. Sua copa não se espalha e parece que está apontando para o céu.

Dormindo um leve sono em teu **regaço**;
Enquanto a **luta** jogam os Pastores,
E emparelhados correm nas campinas,
Toucarei teus cabelos de **boninas**,
Nos troncos gravarei os teus louvores.
    Graças, Marília bela,
    Graças à minha Estrela!

Depois de nos ferir a mão da Morte,
Ou seja neste monte, ou noutra serra,
Nossos corpos terão, terão a sorte
De consumir os **dous** a mesma terra.
Na **campa**, rodeada de **ciprestes**,
Lerão estas palavras os Pastores:
"Quem quiser ser feliz nos seus amores,
Siga os exemplos, que nos deram estes".
    Graças, Marília bela,
    Graças à minha Estrela!

LIRA II

Pintam, Marília, os Poetas
A um menino vendado,
Com uma aljava de setas,
Arco empunhado na mão;
Ligeiras asas nos ombros,
O tenro corpo despido,
E de **Amor**, ou de **Cupido**
São os nomes, que lhe dão.

　Porém eu, Marília, nego,
Que assim seja Amor; pois ele
Nem é moço, nem é cego,
Nem setas, nem asas tem.
Ora pois, eu vou formar-lhe
Um retrato mais perfeito,
Que ele já feriu meu peito;
Por isso o conheço bem.

> Cupido ou Amor, na mitologia grega, era filho de Marte (deus da guerra) com Vênus (deusa do amor), e seu negócio era organizar umas baladas que eram pura diversão e prazer. Ele era apaixonado e correspondido por Psiquê. Mas, pra variar, havia uma pegadinha: ela nunca poderia ver o rosto dele, ou ia dar ruim. Um dia, porém, enquanto ele dormia, ela foi ver a cara do moço. Cupido acordou no mesmo instante e deu no pé, acabando com a felicidade dos pombinhos.

Os seus compridos cabelos,
Que sobre as costas ondeiam,
São que os de Apolo mais belos;
Mas de loura cor não são.
Têm a cor da negra noite;
E com o branco do rosto
Fazem, Marília, um composto
Da mais formosa união.

    Tem redonda, e lisa testa,
Arqueadas sobrancelhas,
A voz meiga, a vista honesta,
E seus olhos são uns sóis.
Aqui vence Amor ao Céu,
Que no dia luminoso
O Céu tem um Sol formoso,
E o travesso Amor tem dois.

    Na sua face mimosa,
Marília, estão misturadas
Purpúreas folhas de rosa,
Brancas folhas de jasmim.
Dos **rubins** mais preciosos
Os seus beiços são **formados**;
Os seus dentes delicados
São pedaços de **marfim**.

    Mal vi seu rosto perfeito,
Dei logo um suspiro, e ele
Conheceu haver-me feito
Estrago no coração.
Punha em mim os olhos, quando
Entendia eu não olhava;
Vendo o que via, baixava
A modesta vista ao chão.

    Chamei-lhe um dia formoso;
Ele, ouvindo os seus louvores,
Com um modo **desdenhoso**
Se sorriu, e não falou.

Purpúreo quer dizer de cor vermelho-escura.

Rubim é o mesmo que rubi, uma pedra preciosa bem vermelhona.

"Formado", aqui, significa "bem desenhado", "bonito".

Marfim é uma substância dura e amarelada, que compõe as presas dos elefantes e de outros animais. Com ele, fabricavam-se objetos chiques.

Desdenhoso: indiferente, depreciativo.

Ou seja, deu um sorriso.

Constranger: envergonhar, acanhar.

Desafogo: alívio, conforto.

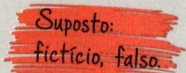 "Nevado" quer dizer "branco", da "cor da neve".

Pejo: vergonha, timidez.

Suposto: fictício, falso.

Pintei-lhe outra vez o estado,
Em que estava esta alma posta;
Não me deu também resposta,
Constrangeu-se, e suspirou.

　　Conheço os sinais; e logo,
Animado de esperança,
Busco dar um **desafogo**
Ao cansado coração.
Pego em teus dedos **nevados**,
E querendo dar-lhe um beijo,
Cobriu-se todo de **pejo**,
E fugiu-me com a mão.

　　Tu, Marília, agora vendo
De Amor o lindo retrato,
Contigo estarás dizendo,
Que é este o retrato teu.
Sim, Marília, a cópia é tua,
Que Cupido é Deus **suposto**:
Se há Cupido, é só teu rosto,
Que ele foi quem me venceu.

LIRA III

Grilhão: corrente.

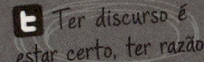 Ter discurso é estar certo, ter razão.

Aqui há uma série de trelelês dos deuses da mitologia. Um adivinho disse ao rei Acrísio que ele seria assassinado pelo próprio neto. Cismado, trancou a filha, Dânae. Mas Jove (ou Zeus pros gregos e Júpiter pros romanos) queria ficar com ela. Transformou-se em chuva de ouro, infiltrou o lugar como uma goteira e caiu no colo da moça.

Zeus uma vez foi à cidade de Tebas e ficou com Alcmena, mulher de um general chamado Anfitrião, que estava fora, na guerra. Zeus a enganou, fingindo ser o tal general, e engravidou a dama. Disso, inclusive, teria nascido ninguém menos que Hércules.

Zeus era casado com a ciumenta Hera. Um dia ele se apaixonou pela princesa fenícia Europa, que adorava bois. Para se aproximar dela, ele se disfarçou de touro branco e manso. Europa subiu no bicho, e Zeus aproveitou para raptá-la. Eles foram para Creta, lá Zeus explicou tudo e ela virou rainha do lugar.

Marte (ou Ares, na versão grega), deus romano da guerra, apesar de violento e grosseiro, se apaixonou por Vênus, deusa do amor. Os dois tiveram um caso escondido do marido dela, Vulcano, e foi assim que nasceu o Cupido.

Vulcano, deus romano do fogo, era ferreiro e fazia inclusive os raios que Júpiter (ou Zeus, na versão grega) atirava por aí. Era casado com Vênus, de quem vivia tomando chifre. Então, um dia armou uma rede para prender na cama Vênus e Marte, os infiéis.

De amar, minha Marília, a formosura
Não se podem livrar humanos peitos.
Adoram os Heróis, e os mesmos brutos
Aos **grilhões** de Cupido estão sujeitos.
Quem, Marília, despreza uma beleza
     A luz da razão precisa;
     E se **tem discurso**, pisa
A lei, que lhe ditou a Natureza.

Cupido entrou no Céu. O grande **Jove**
Uma vez se mudou em chuva de ouro;
Outras vezes tomou as várias formas
De **General** de Tebas, velha e **touro**.
O próprio **Deus da Guerra**, desumano,
     Não viveu de amor ileso;
     Quis a Vênus, e foi preso
Na rede, que lhe armou o Deus **Vulcano**.

> **"Topar"**, aqui, quer dizer "compreender, entender".

Mas sendo amor igual para os viventes,
Tem mais desculpa, ou menos esta chama:
Amar formosos rostos acredita,
Amar os feios de algum modo infama.
Quem lê que Jove amou, não lê nem **topa**
        Que ele amou vulgar donzela:
        Lê que amou a Dânae bela,
Encontra que roubou a linda Europa.

Se amar uma beleza se desculpa
Em quem ao próprio Céu, e terra move,
Qual é a minha glória, pois igualo,
Ou excedo no amor ao mesmo Jove?
Amou o **Pai dos Deuses** Soberano
        Um semblante peregrino;
        Eu adoro o teu divino,
O teu divino rosto, e sou humano.

> O **Pai dos Deuses** é Jove.

LIRA IV

Marília, teus olhos
São réus e culpados,
Que sofra, e que beije
Os ferros pesados
De injusto Senhor.
      Marília, escuta
      Um triste Pastor.

   Mal vi o teu rosto,
O sangue gelou-se,
A língua prendeu-se,
Tremi, e mudou-se
Das faces a cor.
      Marília, escuta
      Um triste Pastor.

   A vista **furtiva**,
O riso imperfeito

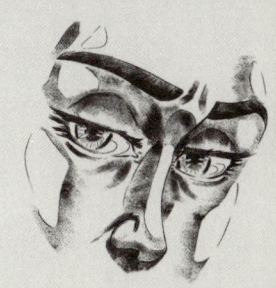

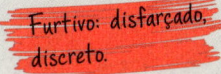

Furtivo: disfarçado, discreto.

Chaga: machucado, ferida.

Vargem é a várzea, uma área plana, com terra boa pra plantar, em geral perto de um rio.

Herdade: fazenda, quinta.

Fizeram a **chaga**,
Que abriste no peito,
Mais funda, e maior.
      Marília, escuta
      Um triste Pastor.

   Dispus-me a servir-te;
Levava o teu gado
À fonte mais clara,
À **vargem** e prado
De relva melhor.
      Marília, escuta
      Um triste Pastor.

   Se vinha da **herdade**,
Trazia dos ninhos
As aves nascidas,
Abrindo os biquinhos
De fome ou temor.
      Marília, escuta
      Um triste Pastor.

Se alguém te louvava,
De gosto me enchia;
Mas sempre o ciúme
No rosto acendia
Um vivo calor.
   Marília, escuta
    Um triste Pastor.

Se estavas alegre,
Dirceu se alegrava;
Se estavas sentida,
Dirceu suspirava
À força da dor.
   Marília, escuta
    Um triste Pastor.

Falando com **Laura**,
Marília dizia;
Sorria-se aquela,
E eu conhecia
O erro de amor.
   Marília, escuta
    Um triste Pastor.

Movida, Marília,
De tanta ternura,
Nos braços me deste
Da tua fé pura
Um doce **penhor**.
   Marília, escuta
    Um triste Pastor.

Tu mesma disseste
Que tudo podia
Mudar de figura,
Mas nunca seria
Teu peito traidor.
   Marília, escuta
    Um triste Pastor.

Dirceu é o próprio Tomás, autor deste livro. No Arcadismo, os escritores gostavam de usar outro nome para se referirem a si mesmos.

Francesco Petrarca (1304-74) foi um poeta italiano que escreveu um monte de poemas para uma mulher casada: Laura de Noves. Quer dizer, todo mundo acha que era ela a mulher pela qual Petrarca era obcecado, mas na verdade ninguém tem 100% de certeza. A desconfiança, porém, parece fazer sentido, porque ele foi morar perto dela, na França, e ficou seguindo a moça quando ela ia para a missa, saía para passear... E, mesmo depois que Laura já estava morta e enterrada, ele continuou falando em seus poemas de seu amor louco.

Penhor: garantia, segurança.

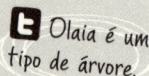 Olaia é um tipo de árvore.

  Tu já te mudaste;
E a **Olaia** frondosa,
Aonde escreveste
A jura horrorosa,
Tem todo o vigor.
    Marília, escuta
    Um triste Pastor.

  Mas eu te desculpo,
Que o **fado** tirano
Te obriga a deixar-me;
Pois busca o meu dano
Da sorte, que for.
    Marília, escuta
    Um triste Pastor.

Fado: destino, sina.

LIRA V

Acaso são estes
Os **sítios** formosos,
Aonde passava
Os anos gostosos?
São estes os prados,
Aonde brincava,
Enquanto passava
O manso rebanho,
Que **Alceu** me deixou?
    São estes os sítios?
    São estes; mas eu
    O mesmo não sou.
    Marília, tu chamas?
    Espera, que eu vou.

   Daquele penhasco
Um rio caía;
Ao som do sussurro
Que vezes dormia! ▶

Sítio: lugar, região.

8 Alceu é o apelido que Alvarenga Peixoto (1744-92) usava para assinar seus poemas. Ele também esteve envolvido na Inconfidência Mineira.

"Que vezes", aqui, quer dizer "quantas vezes".

Agora não cobrem
Espumas nevadas
As pedras quebradas:
Parece que o rio
O **curso voltou**.
>São estes os sítios?
>São estes; mas eu
>O mesmo não sou.
>Marília, tu chamas?
>Espera, que eu vou.

   Meus versos, alegre,
Aqui repetia:
O **Eco** as palavras
Três vezes dizia.
Se chamo por ele,
Já não me responde;
Parece se esconde,
Cansado de dar-me
Os **ais** que lhe dou.
>São estes os sítios?
>São estes; mas eu
>O mesmo não sou.
>Marília, tu chamas?
>Espera, que eu vou.

   Aqui um **regato**
Corria sereno
Por margens cobertas
De flores, e **feno**;
À esquerda se erguia
Um bosque fechado;
E o tempo apressado,
Que nada respeita,
Já tudo mudou.
>São estes os sítios?
>São estes; mas eu
>O mesmo não sou.
>Marília, tu chamas?
>Espera, que eu vou.

Notas marginais:

- Ou seja, o fluxo da água do rio (curso) mudou de direção (voltou).
- Na mitologia grega, Eco fica louca por Narciso, mas ele só queria saber de si. Com raiva, Eco rogou uma praga, e ele morre ali, afogado em seu reflexo.
- Esses "ais" aqui são suspiros.
- Regato: riacho, córrego.
- Feno é uma espécie de capim que, após ser cortado e ficar seco, serve de comida para vacas, carneiros etc.

    Mas como discorro?
Acaso podia
Já tudo mudar-se
No espaço de um dia?
Existem as fontes,
E os **freixos copados**;
Dão flores os prados,
E corre a cascata,
Que nunca secou.
            São estes os sítios?
            São estes; mas eu
            O mesmo não sou.
            Marília, tu chamas?
            Espera, que eu vou.

    Minha alma, que tinha
Liberta a vontade,
Agora já sente
Amor, e saudade,
Os sítios formosos
Que já me agradaram,
Ah! Não se mudaram;
Mudaram-se os olhos,
De triste que estou.
            São estes os sítios?
            São estes; mas eu
            O mesmo não sou.
            Marília, tu chamas?
            Espera, que eu vou.

> Freixo é um tipo de árvore, e "copado" quer dizer que ele tem uma grande copa (os ramos do topo da árvore).

LIRA VI

Vário: volúvel, inconstante.

Gênio: humor, temperamento.

Cingir: envolver, abraçar.

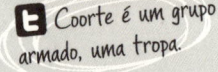 Coorte é um grupo armado, uma tropa.

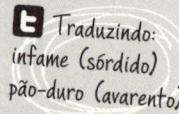 Traduzindo: infame (sórdido) pão-duro (avarento).

Lauto: farto, abundante.

Oh! Quanto pode em nós a **vária** Estrela!
Que diversos que são os **gênios** nossos!
      Qual solta a branca vela,
E afronta sobre o pinho os mares grossos;
Qual **cinge** com a malha o peito duro,
E marchando na frente das **coortes**,
Faz a torre voar, cair o muro.

    O **sórdido avarento** em vão defende
Que possa o filho entrar no seu Tesouro;
      Aqui, fechado, estende
Sobre a tábua, que verga, as barras de ouro.
Sacode o jogador do copo os dados;
E numa noite só, que ao sono rouba,
Perde o resto dos bens, do pai herdados.

    O que da voraz gula o vício adora,
Da **lauta** mesa os seus prazeres fia; ›

E o terno Alceste chora
Ao som dos versos, a que o gênio o guia.
O sábio **Galileu** toma o compasso,
E sem voar ao Céu, calcula e mede
Das Estrelas e Sol o imenso espaço.

Enquanto, pois, Marília, a vária gente
Se deixa conduzir do próprio gosto,
Passo as horas contente
Notando as graças do teu lindo rosto.
Sem cansar-me a saber se o **Sol** se move,
Ou se a terra volteia, assim conheço
Aonde chega o poder do grande Jove.

Noto, gentil Marília, os teus cabelos;
E noto as faces de jasmins e rosas;
Noto os teus olhos belos,
Os brancos dentes, e as feições mimosas.
Quem faz uma obra tão perfeita e linda,
Minha bela Marília, também pode
Fazer os Céus, e mais, se há mais ainda.

Galileu Galilei (1564-1642) foi uma figura importantíssima da revolução científica do século XVII. O cara se dedicou com gosto à física, à astronomia e à metodologia científica. Porém, teve vários problemas, pois boa parte do que descobria e publicava ia contra ideias antigas da Igreja Católica — que, aliás, julgou e condenou Galileu a prisão domiciliar perpétua.

Boa parte do problema da Igreja Católica com os astrônomos era que os religiosos acreditavam que a Terra era o centro de tudo, enquanto Nicolau Copérnico e Galileu, por exemplo, haviam sacado que era o Sol que ficava no meio do esquema — Galileu descobriu que o planeta Vênus tem, como a Lua, várias fases. E isso só pode acontecer porque Vênus fica ali girando ao redor do Sol.

LIRA VII

Vou retratar a Marília,
A Marília, meus amores;
Porém como? Se eu não vejo
Quem me empreste as finas cores!
Dar-mas a terra não pode;
Não, que a sua cor mimosa
Vence o lírio, vence a rosa,
O jasmim, e as outras flores.
      Ah! Socorre, Amor, socorre
      Ao mais grato empenho meu!
      Voa sobre os Astros, voa,
      Traze-me as tintas do Céu.

    Mas não se **esmoreça** logo;
Busquemos um pouco mais;
Nos mares talvez se encontrem
Cores, que sejam iguais.
Porém não, que em paralelo ▸

> **Esmorecer:** desanimar, definhar.

Da minha **Ninfa** adorada
Pérolas não valem nada,
Não valem nada os corais.
      Ah! Socorre, Amor, socorre
      Ao mais grato empenho meu!
      Voa sobre os Astros, voa,
      Traze-me as tintas do Céu.

  Só no Céu achar-se podem
Tais belezas como aquelas
Que Marília tem nos olhos,
E que tem nas faces belas;
Mas às faces graciosas,
Aos negros olhos, que matam,
Não imitam, não retratam
Nem **Auroras**, nem Estrelas.
      Ah! Socorre, Amor, socorre
      Ao mais grato empenho meu!
      Voa sobre os Astros, voa,
      Traze-me as tintas do Céu.

  Entremos, Amor, entremos,
Entremos na mesma Esfera;
Venha Palas, venha Juno,
Venha a **Deusa de Citera**.
Porém não, que se Marília
No certame antigo entrasse,
Bem que a Páris não peitasse,
A todas as **três** vencera.
      Vai-te, Amor, em vão socorres
      Ao mais grato empenho meu:
      Para formar-lhe o retrato
      Não bastam tintas do Céu.

Ninfa é uma moça jovem e bonita. Na mitologia grega, é também uma divindade ligada à natureza.

Aurora: nascer do sol.

Citera é uma ilha da Grécia, e sua deusa é Afrodite

Durante um jantar no qual estavam Páris e várias divindades, Éris, deusa da discórdia, jogou um objeto dourado, o pomo de ouro. Nele estava escrito "Para a mais bela". Ai, ai, ai! Hera, Atena e Afrodite desejaram o pomo, mas Páris não sabia para quem o dar. Aí, cada uma delas prometeu-lhe algo. Hera faria dele rico e dono do reino da Ásia. Atena garantiu que ele seria o homem mais sábio e vitorioso do mundo, além de muito belo. Já Afrodite disse que faria Helena, esposa de Menelau e rainha de Esparta, se apaixonar por ele. Páris então deu o pomo para Afrodite, o que depois gerou a Guerra de Troia.

LIRA VIII

Marília, de que te queixas?
De que te roube Dirceu
O sincero coração?
Não te deu também o seu?
E tu, Marília, primeiro
Não lhe lançaste o grilhão?
        Todos amam: só Marília
        Desta Lei da Natureza
        Queria ter **isenção**?

    Em torno das castas pombas,
Não **rulam** ternos pombinhos?
E rulam, Marília, em vão?
Não se **afagam c'os** biquinhos?
E a provas de mais ternura
Não os arrasta a paixão?
        Todos amam: só Marília
        Desta Lei da Natureza
        Queria ter isenção?

Isenção: dispensa, desobrigação.

🅣 O cachorro late, o gato mia, a pomba rula (ou arrulha).

🅣 Afagar é acariciar, e para o número de sílabas da fórmula do poema ficar certo, um pedaço da palavra "com" foi engolido, deixando-a grudada no "os".

Já viste, minha Marília,
Avezinhas que não façam
Os seus ninhos no verão?
Aquelas, com que se enlaçam,
Não vão cantar-lhes defronte
Do mole pouso em que estão?
        Todos amam: só Marília
        Desta Lei da Natureza
        Queria ter isenção?

Se os peixes, Marília, **geram**
Nos bravos mares e rios,
Tudo efeitos de Amor são.
Amam os brutos **ímpios**,
A serpente venenosa,
A onça, o tigre, o leão.
        Todos amam: só Marília
        Desta Lei da Natureza
        Queria ter isenção?

As grandes Deusas do Céu
Sentem a **seta** tirana
Da amorosa inclinação.
Diana, com ser Diana,
Não se abrasa, não suspira
Pelo amor de **Endimião**?
        Todos amam: só Marília
        Desta Lei da Natureza
        Queria ter isenção?

Desiste, Marília bela,
De uma queixa sustentada
Só na **altiva** opinião.
Esta chama é inspirada
Pelo Céu, pois nela assenta
A nossa conservação.
        Todos amam: só Marília
        Desta Lei da Natureza
        Queria ter isenção?

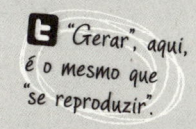

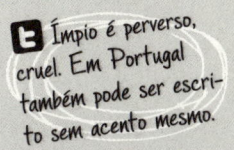

"Gerar", aqui, é o mesmo que "se reproduzir".

Ímpio é perverso, cruel. Em Portugal também pode ser escrito sem acento mesmo.

Mais um pouco de mitologia. Setas são as flechas do Cupido, que atuam como um rei tirano, pois podem fazer pessoas se apaixonarem mesmo que não combinem e seja uma fria.

Diana (ou Ártemis, na Grécia) é a deusa romana da Lua e da caça. Andava sempre com um arco e flecha a postos.

Diana era filha de Júpiter (ou Zeus pros gregos) e se apaixonou por Endimião. Mas Zeus não curtiu isso, pois prometera que ela seria eternamente virgem. Então, para se livrar de Endimião, ele disse para o rapaz escolher qualquer coisa que quisesse. Endimião então escolheu passar uma vida imortal inteira dormindo, pois assim não envelheceria.

Altivo: orgulhoso, arrogante.

LIRA IX

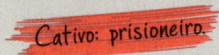
Cativo: prisioneiro.

Eu sou, gentil Marília, eu sou **cativo**;
Porém não me venceu a mão armada
      De ferro, e de furor:
Uma alma sobre todas elevada
Não cede a outra força que não seja
      À tenra mão de Amor.

Carro: carroça, carruagem.

    Arrastem pois os outros muito embora
Cadeias nas bigornas trabalhadas
      Com pesados martelos:
Eu tenho as minhas mãos ao **carro** atadas
Com duros ferros não, com fios d'ouro,
      Que são os teus cabelos.

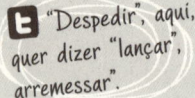
"Despedir", aqui, quer dizer "lançar", arremessar.

    Oculto nos teus meigos, vivos olhos,
Cupido a tudo faz tirana guerra,
      Sacode a seta ardente;
E sendo **despedida** cá da terra, ▶

As nuvens rompe, chega ao alto **Empíreo**,
   E chega ainda quente.

   As abelhas, nas asas suspendidas,
Tiram, Marília, os sucos saborosos
      Das orvalhadas flores:
Pendentes dos teus beijos graciosos,
Ambrósias chupam, chupam mil feitiços
      Nunca fartos Amores.

   O vento, quando parte em largas fitas
As folhas, que **meneia** com brandura;
      A fonte cristalina,
Que sobre as pedras cai de imensa altura,
Não forma um som tão doce, como forma
      A tua voz divina.

   Em torno dos teus peitos, que palpitam,
Exalam mil suspiros **desvelados**
      Enxames de desejos;
Se encontram os teus olhos descuidados,
Por mais que se atropelem, voam, chegam,
      E dão furtivos beijos.

   O Cisne, quando corta o manso lago,
Erguendo as brancas asas, e o pescoço;
      A Nau, que ao longe passa,
Quando o vento lhe **enfuna o pano** grosso,
O teu **garbo** não tem, minha Marília,
      Não tem a tua graça.

   Estimem pois os mais a liberdade;
Eu prezo o cativeiro: sim, nem chamo
      À mão de Amor ímpia;
Honro a virtude, e os teus dotes amo:
Também o grande **Aquiles** veste a saia,
      Também **Alcides** fia.

Empíreo é o céu, o paraíso, o lugar onde moram os deuses.

Ambrósia é um tipo de flor.

Menear: balançar, mexer.

Desvelado: revelado, descoberto.

Enxame: profusão, abundância.

Traduzindo: encher (enfunar) de vento a vela (pano) do navio.

Garbo: fineza, elegância.

Na Guerra de Troia, Tétis já sabia que seu filho, Aquiles, ia morrer. Daí ela pediu para o rei Licomedes esconder o rapaz, que passou a viver disfarçado no meio da mulherada.

Alcides é outro nome de Hércules. Um dia, ele matou um cara e ficou superchateado com isso. Assim, decidiu virar escravo e foi vendido para a rainha Ônfale. Mas ela se apaixonou por ele e libertou-o. Nessa lenda, ele sempre está vestido com roupas femininas e tecendo, atividade típica das mulheres na época.

LIRA X

Se existe um peito,
Que isento viva
Da chama ativa,
Que acende Amor,
      Ah! Não habite
Neste **montado**,
Fuja apressado
Do vil traidor.

    Corra, que o Ímpio
Aqui se esconde,
Não sei aonde;
      Mas sei que o vi.
Traz novas setas,
Arco robusto;
Tremi de susto,
Em vão fugi.

> Montado: bosque, floresta.

    Eu vou mostrar-vos,
Tristes mortais,
Quantos sinais
O Ímpio tem.
         Oh! Como é justo
Que todo o humano
Um tal tirano
Conheça bem!

    No corpo ainda
Menino existe;
Mas quem resiste
Ao braço seu?
         Ao negro Inferno
Levou a guerra;
Venceu a terra,
Venceu o Céu.

    Jamais se cobrem
Seus membros belos;
E os seus cabelos
Que lindos são!
         Vendados olhos,
Que tudo alcançam,
E jamais lançam
A seta em vão!

    As suas faces
São cor da neve;
E a boca breve
Só risos tem.
         Mas, ah! respira
Negros venenos,
Que nem ao menos,
Os olhos veem.

    Aljava grande
Dependurada,
Sempre **atacada**
De bons **farpões**.

Atacado: cheio, repleto.

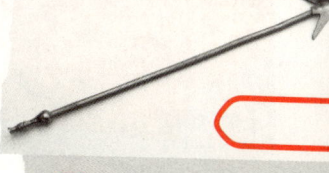

Farpões são setas que terminam com uma farpa na ponta.

Agudo: pontudo, pontiagudo.

   Fere com estas
Agudas lanças
Pombinhas mansas,
Bravos leões.

   Se a seta falta,
Tem outra pronta,
Que a dura ponta
Jamais torceu.
   Ninguém resiste
Aos golpes dela:
Marília bela
Foi quem lha deu.

   Ah! Não sustente
Dura **peleja**
O que deseja
Ser vencedor!
   Fuja, e não olhe,
Que só fugindo
De um rosto lindo
Se vence Amor.

Peleja: luta, batalha.

LIRA XI

Não toques, minha **Musa**, não, não toques
        Na **sonorosa** Lira,
Que às almas, como a minha, namoradas
        Doces canções inspira;
Assopra no **clarim**, que, apenas soa,
        Enche de assombro a terra;
Naquele, a cujo som cantou **Homero**,
        Cantou **Virgílio** a Guerra.
           Busquemos, ó Musa,
        Empresa maior;
        Deixemos as ternas
        Fadigas do Amor.

  Eu já não vejo as graças, de que forma
        Cupido o seu tesouro,
Vivos olhos e faces cor de neve,
        Com crespos fios de ouro: ▶

Musas são as filhas de Zeus com Mnemosine (nove, no total) que inspiravam as artes e a ciência.

Sonoroso: harmonioso, melodioso.

O clarim é um instrumento de sopro feito de metal, formado por um tubo estreito e longo, com uma extremidade cônica.

Homero é um poeta grego da Antiguidade, autor de dois sucessos: Ilíada e Odisseia.

Virgílio é um poeta romano da Antiguidade, autor de três obras bem famosas: *Bucólicas* (ou *Éclogas*), *Geórgicas* e *Eneida*.

Empresa: projeto, empreendimento.

> Os ramos citados aqui (de loureiro, de carvalho e de palmeira) serviam para homenagear os vitoriosos em competições esportivas ou batalhas.

> A estrofe celebra Hércules e Zeus. Hércules era filho de Alcmena com Zeus. Hera, a mulher oficial de Zeus, nunca perdoou a traição e, logo que Hércules nasceu, colocou serpes (serpentes) ainda em seu berço, mas ele esmagou todas. Hera continuou a infernizar sua vida. Por isso acabou doidão, a ponto de matar os próprios filhos e a esposa, e foi condenado a doze trabalhos impossíveis, que o poema passa a listar.
>
> Um deles era roubar o gado muito bem guardado do rei Gerião. Ao cabo do trabalho, o herói decidiu descansar. Mas Caco surrupiou parte dos bichos. Ao acordar, Hércules percebeu e saiu à procura dos bois. Daí ele matou Caco e resgatou os bichos roubados.
>
> Outro trabalho era matar a Hidra, um monstro com corpo de dragão e cabeças de serpente. Mas, ao arrancar uma cabeça, outras duas brotavam do lugar. A solução foi cicatrizar as feridas do bicho com brasa quente.
>
> Outro trabalho ainda era dar fim no leão de couro impenetrável que aterrorizava a região de Nemeia. O herói não só fez isso, como também arrancou-lhe o couro e fez dele uma capa.
>
> Zeus era o chefão dos deuses. Só que uma turma queria tomar o poder. Eram os titãs (ou titães). Durante uns dez anos eles tentaram matar Zeus, mas sem sucesso, e acabaram sendo jogados nas profundezas da Terra.
>
> E Tifeus era um tipo de dragão inimigo de Zeus. Ele teve umas batalhas épicas com o deus, mas se deu mal no final.

Meus olhos só veem graças e loureiros;
    Veem carvalhos e palmas;
Veem os **ramos** honrosos, que distinguem
    As vencedoras almas.
        Busquemos, ó Musa,
    Empresa maior;
    Deixemos as ternas
    Fadigas do Amor.

    Cantemos o Herói, que já no berço
    As Serpes despedaça;
Que fere os Cacos, que destronca as Hidras;
    Mais os leões, que abraça.
Cantemos, se isto é pouco, a dura guerra
    Dos Titães, e Tifeus,
Que arrancam as montanhas, e atrevidos
    Levam armas aos Céus.
        Busquemos, ó Musa,
    Empresa maior;
    Deixemos as ternas
    Fadigas do Amor.

    Anima pois, ó Musa, o instrumento,
    Que a voz também levanto;
Porém tu deste muito acima o ponto,
    Dirceu não sobe tanto.
Abaixa, minha Musa, o tom, que ergueste;
    Eu já, eu já te sigo.
Mas, ah! vou a dizer *Herói*, e *Guerra*,
    E só *Marília* digo.
        Deixemos, ó Musa,
    Empresa maior;
    Só posso seguir-te
    Cantando de Amor.

    Feres as cordas d'ouro? Ah! sim, agora
    Meu canto já se afina,
E a humana voz parece que ao som delas
    Se faz também divina.

O mesmo, que cercou de **muro** a Tebas,
      Não canta assim tão terno;
Nem pode competir comigo aquele,
      Que desceu ao negro **Inferno**.
        Deixemos, ó Musa,
        Empresa maior;
        Só posso seguir-te
        Cantando de Amor.

Mal repito *Marília*, as doces aves
      Mostram sinais de espanto;
Erguem os colos, voltam as cabeças,
      Param o **ledo** canto:
Move-se o tronco, o vento se suspende;
      Pasma o gado, e não come:
Quanto podem meus versos! Quanto pode
      Só de Marília o nome!
        Deixemos, ó Musa,
        Empresa maior;
        Só posso seguir-te
        Cantando de Amor.

Anfião, filho de Zeus com Antíope, um dia ganhou do deus Hermes uma lira de ouro. Mais tarde, Anfião virou rei de Tebas e quis proteger o lugar. Então ele usou seu talento de músico: foi tocando a lira, e as pedras, encantadas com o som, foram se movendo, erguendo toda a fortificação.

Já quem desceu ao inferno foi Orfeu lá nas lendas gregas. Após a morte de Eurídice, sua mulher, ele ficou tão desesperado que foi lá tentar recuperá-la. Até conseguiu convencer Hades, deus do submundo, e sua companheira, Perséfone, a deixá-lo levar Eurídice embora, mas com uma condição: ele não podia olhar para a mulher até sair dali. Só que o cara não aguentou e deu uma olhadinha, e no mesmo instante a amada virou sombra.

Ledo: alegre, contente.

LIRA XII

Topei um dia
Ao Deus vendado,
Que, descuidado,
Não tinha as setas
Na ímpia mão.
      Mal o conheço,
Me sobe logo
Ao rosto o fogo,
Que a raiva acende
No coração.

Morre, tirano;
Morre, inimigo!
Mal isto digo,
Raivoso o aperto
Nos braços meus.
      Tanto que o moço
Sente apertar-se, ❯

Para salvar-se
Também me aperta
Nos braços seus.

   O leve corpo
Ao ar levanto;
Ah! e com quanto
Impulso o trago
Do ar ao chão!
        Pôde **suster**-se
A vez primeira;
Mas à terceira
Nos pés, que alarga,
Se firma em vão.

   Mal o derrubo,
Ferro aguçado
No já cansado
Peito, que arqueja,
Mil golpes deu.
        Suou seu corpo;
Tremeu gemendo;
E a cor perdendo,
Bateu as asas;
Enfim, morreu.

   Qual bravo Alcides,
Que a **hirsuta** pele
Vestiu daquele
Grenhoso bruto,
A quem matou,
        Para que prove
A empresa honrada,
Co'a mão manchada,
Recolho as setas,
Que me deixou.

   Ouviu Marília
Que Amor gritava;
E como estava ▶

Suster: sustentar, amparar.

Hirsuto: peludo.

🐦 Grenha é pelo desarrumado. Aqui é uma referência ao leão de Neméia.

🐦 Ou seja, "com a".

Valer: socorrer, acudir.

Espavorido: apavorado, assustado.

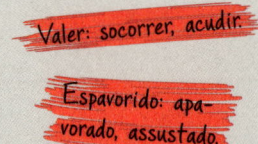

Fero: feroz, selvagem.

Compadecido: apiedado, condoído.

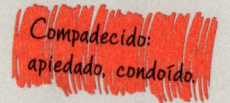

Baço: embaçado, enevoado.

Vizinha ao sítio,
Valer-lhe vem.
      Mas quando chega
Espavorida,
Nem já de vida
O **fero** monstro
Indício tem.

    Então, Marília,
Que o vê de perto,
De pó coberto,
E todo envolto
No sangue seu,
      As mãos aperta
No peito brando,
E aflita dando
Um ai, os olhos
Levanta ao Céu.

    Chega-se a ele
Compadecida;
Lava a ferida
C'o prato amargo,
Que derramou.
      Então o monstro
Dando um suspiro,
Fazendo um giro
Co'a **baça** vista,
Ressuscitou.

    Respira a Deusa;
E vem o gosto
Fazer no rosto
O mesmo efeito,
Que fez a dor.
      Que louca ideia
Foi, a que tive!
Enquanto vive
Marília bela,
Não morre Amor.

LIRA XIII

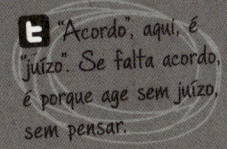

Oh! quantos riscos,
Marília bela,
Não atropela
Quem cego arrasta
Grilhões de Amor!
      Um peito forte,
De **acordo** falto,
Zomba do assalto
Do vil traidor.

    O amante de **Hero**
Da luz guiado,
C'o peito ousado
Na escura noite
Rompia o mar.
      Se o **Helesponto**
Se **encapelava**,
Ah! não deixava
De lhe ir falar.

> "Acordo", aqui, é "juízo". Se falta acordo, é porque age sem juízo, sem pensar.

> Na mitologia grega, Hero morava de um lado do Helesponto e Leandro do outro. Apaixonados, toda noite ele acendia uma tocha em uma torre para iluminar o caminho e nadava para ficar com a amada. Porém, uma tempestade um dia apagou a tocha, o rapaz se perdeu e se afogou. Na manhã seguinte, Hero viu o corpo dele na água e, sem pensar duas vezes, entrou no mar para se juntar ao seu amor... na morte.

> Helesponto é hoje chamado de Dardanelos, um estreito que fica na atual Turquia.

> Encapelar significa ficar agitado, cheio de ondas.

8 A Trácia era uma região que hoje abrange três países: Grécia, Bulgária e Turquia. Orfeu, cantor, poeta e tocador de lira, era de lá.

t Na mitologia grega, Cocito é um rio que corre no Inferno, comandado pelo deus Hades. Dizem que suas águas eram as lágrimas dos pecadores.

~~Adusto: queimado, abrasado.~~

t Fralda é a base da montanha, o sopé.

t Na mitologia grega, Aqueronte é um rio que desemboca no Inferno e de onde os Titãs bebiam água para ficarem fortes quando tentavam tomar o poder de Zeus. Mas Zeus fez as águas dele ficarem escuras e amargas. Disso tudo vem sua fama de amaldiçoado.

t O barqueiro Caronte, na mitologia grega, é quem leva as almas dos mortos pelos rios que separavam o mundo dos vivos do mundo dos defuntos.

~~Lenho: pedaço forte de madeira.~~

t O gigante cão de três cabeças, Cérbero, guardava a porta entre o mundo dos vivos e dos mortos na mitologia grega.

Do **Cantor Trácio**
A heroicidade,
Esta verdade,
Minha Marília,
Prova também:
        Cheio de esforço
Vai ao **Cocito**
Buscar aflito
Seu doce bem.

    Que ação tão grande
Nunca intentada!
Ao pé da entrada
Já tudo assusta
O coração:
        Pendentes rochas,
Campos **adustos**,
Que nem arbustos,
Nem ervas dão.

    Na funda **fralda**
De calvo monte,
Corre **Aqueronte**,
Rio de ardente,
Mortal licor.
        Tem o **barqueiro**
Testa enrugada,
Vista inflamada,
Que mete horror.

    Que seguranças!
Que fechaduras!
As portas duras
Não são de **lenhos**;
De ferro são.
        Por três gargantas,
Quando alguém bate,
Raivoso late
O negro **cão**.

Dentro da cova
Soam lamentos;
E que tormentos
Não mostra aos olhos
A escassa luz!

Minos a pena

Manda se intime
Igual ao crime,
Que ali conduz.

> Na mitologia grega, no mundo dos mortos havia um tribunal com três juízes para decidir o destino da alma do defunto: os Campos Elísios (paraíso), o Campo de Asfódelos (um lugar para gente nem boa nem má) e o Tártaro (o inferno). Os juízes eram Éaco, Radamanto e Minos, que era quem desempatava as decisões.

Grande **penedo**
Este carrega;
E apenas chega
Do monte ao cume,
O faz rolar.

A pedra sempre
Ao vale desce,
Sem que ele cesse
De a ir buscar.

> Esta estrofe fala de Sísifo, condenado a empurrar uma pedra descomunal (penedo) morro acima. Mas sempre que chegava lá, ela caía e o homem tinha que começar tudo de novo.

Nas limpas **águas**
Habita aquele;
Por cima dele
Verdejam ramos,
Que **pomos** dão.

Debalde a boca
Molhar pretende;
Debalde estende
Faminta mão.

> Tântalo, rei da Frígia (ou Lídia), foi enviado ao Tártaro e condenado a nunca poder matar sua sede e saciar sua fome. Quando ele tentava, as águas se afastavam e o vento levantava os galhos das árvores com frutas.

> Pomo é a fruta como a maçã, a pera...

Debalde: em vão, inutilmente.

Tem outro o **peito**
Despedaçado:
Monstro **esfaimado**
Jamais descansa
De lho roer.

A roxa carne,
Que o abutre come,
Não se consome,
Torna a crescer.

> Tício foi castigado a ter o fígado devorado por abutres. A tortura era eterna, pois mal o fígado se reconstituía, as aves comiam tudo outra vez. Daí o peito despedaçado.

Esfaimado: esfomeado, faminto.

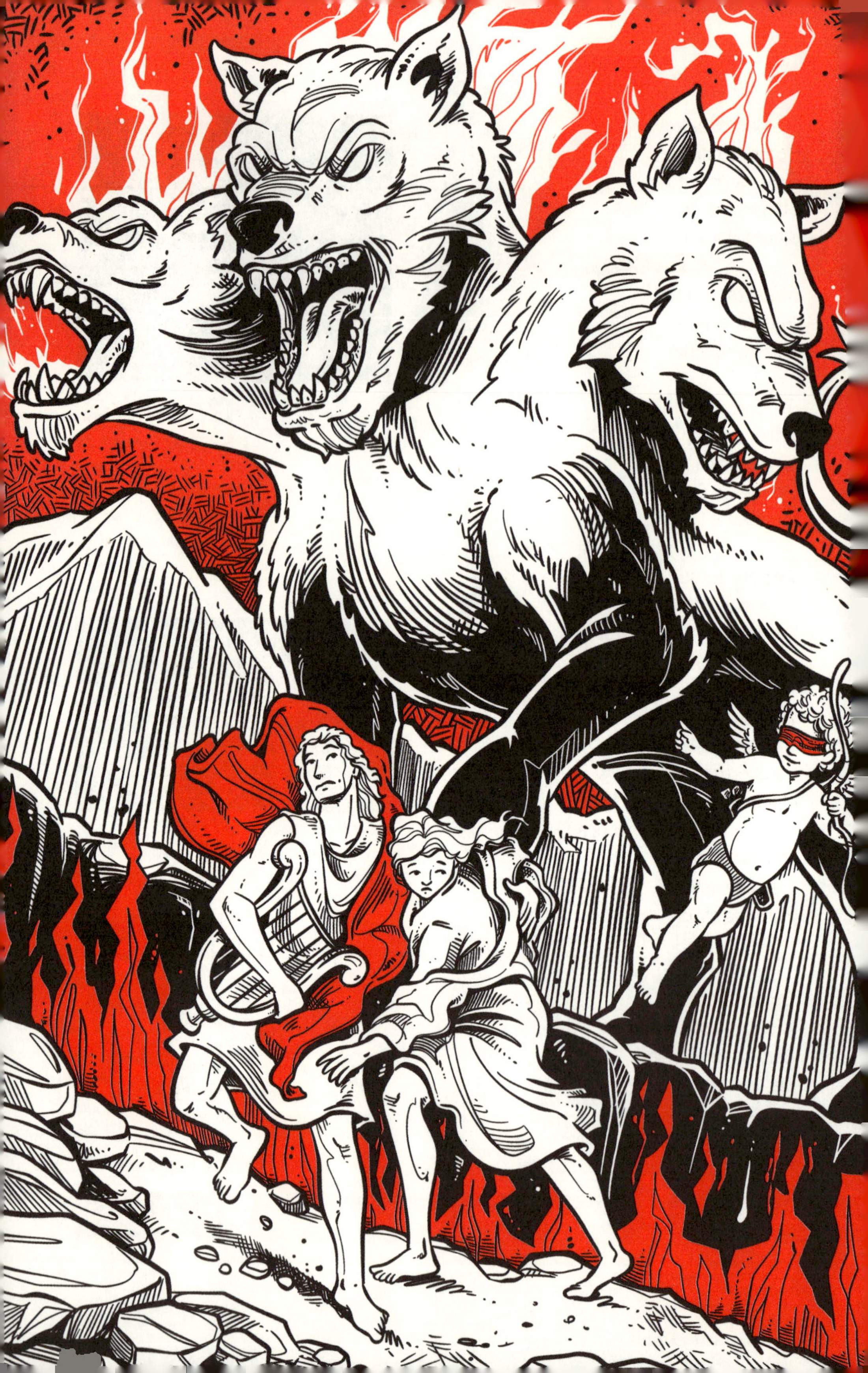

    Mas bem que tudo
Pavor inspira,
Tocando a lira
Desce ao **Averno**
O bom **Cantor**.
            Não se entorpece
A língua e braço;
Não treme o passo,
Não perde a cor.

    Ah! também quanto
Dirceu **obrara**,
Se precisara
Marília bela
De esforço seu!
            Rompera os mares
C'o peito terno,
Fora ao Inferno,
Subira ao Céu.

    Aos dois amantes
De Trácia e Abido
Não deu Cupido
Do que aos mais todos
Maior valor.
            Por seus **vassalos**
Forças reparte,
Como lhes parte
Os graus de Amor.

---

8 Averno é um lago no sul da Itália que, na Antiguidade, era considerado uma entrada para o mundo dos mortos, tipo a boca do inferno.

t O cantor aqui é Orfeu novamente.

Obrar: trabalhar, labutar.

t Orfeu é da Trácia, e Leandro, de Abido.

t Vassalo é a pessoa que está subordinada a uma outra.

LIRA XIV

Minha bela Marília, tudo passa;
A sorte deste mundo é mal segura;
Se vem depois dos males a **ventura**,
Vem depois dos prazeres a desgraça.
 Estão os mesmos Deuses
 Sujeitos ao poder ímpio Fado:
 Apolo já fugiu do Céu brilhante,
 Já foi Pastor de gado.

 A devorante mão da negra Morte
Acaba de roubar o bem que temos;
Até na triste campa não podemos
Zombar do braço da inconstante sorte;
 Qual fica no **sepulcro**,
Que seus avós ergueram, descansado;
Qual no campo, e lhe arranca os brancos ossos
 Ferro do torto arado.

Ventura: felicidade, sorte.

Apolo é o deus da beleza da Grécia Antiga. Andava de carruagem no céu, levando o Sol para onde o astro precisava ir.

Sepulcro: túmulo, jazigo.

Ah! enquanto os Destinos impiedosos
Não voltam contra nós a face irada,
Façamos, sim, façamos, doce amada,
Os nossos breves dias mais **ditosos**.
      Um coração que, frouxo,
A grata posse de seu bem difere,
A si, Marília, a si próprio rouba,
      E a si próprio fere.

Ornemos nossas testas com as flores.
E façamos de feno um brando leito;
Prendamo-nos, Marília, em laço estreito,
Gozemos do prazer de **sãos** Amores.
      Sobre as nossas cabeças,
Sem que o possam deter, o tempo corre;
E para nós o tempo, que se passa,
      Também, Marília, morre.

Com os anos, Marília, o gosto falta,
E se entorpece o corpo já cansado;
Triste o velho cordeiro está deitado,
E o leve filho sempre alegre salta.
      A mesma formosura
É dote que só goza a mocidade:
Rugam-se as faces, o cabelo **alveja**,
      Mal chega a longa idade.

Que havemos d'esperar, Marília bela?
Que vão passando os **florescentes** dias?
As glórias, que vêm tarde, já vêm frias;
E pode enfim mudar-se a nossa estrela.
      Ah! não, minha Marília,
Aproveite-se o tempo, antes que faça
O estrago de roubar ao corpo as forças
      E ao semblante a graça.

Ditoso: feliz, venturoso.

Ornar: adornar, enfeitar.

São: saudável, forte.

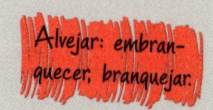

Alvejar: embranquecer, branquejar.

"Florescente", aqui, quer dizer "feliz".

LIRA XV

> O metal louro é o ouro.

> Caudoso é o mesmo que caudaloso, com grande fluxo de água.

> Turvo: opaco, escuro.

A minha bela Marília
Tem de seu um bom tesouro;
Não é, doce Alceu, formado
    Do buscado
      Metal louro;
É feito de uns alvos dentes,
É feito de uns olhos belos,
De umas faces graciosas,
De crespos, finos cabelos;
E de outras graças maiores,
Que a natureza lhe deu:
Bens, que valem sobre a terra,
E que têm valor no Céu.

    Eu posso romper os montes,
Dar às correntes desvios,
Pôr cercados espaçosos
    Nos **caudosos**,
      Turvos rios.

Posso emendar a ventura
Ganhando **astuto** a riqueza;
Mas, ah! caro Alceu, quem pode
Ganhar uma só beleza
Das belezas, que Marília
No seu tesouro meteu?
Bens, que valem sobre a terra,
E que têm valor no Céu.

    Da sorte que vive o rico,
Entre o **fausto**, alegremente,
Vive o guardador do gado,
        Apoucado,
        Mas contente.
Beije pois **torpe** avarento
As **arcas de barras** cheias;
Eu não beijo os **vis** tesouros,
Beijo as douradas cadeias,
Beijo as setas, beijo as armas
Com que o cego Amor venceu:
Bens, que valem sobre a terra,
E que têm valor no Céu.

    Ama Apolo, o fero Marte,
Ama, Alceu, o mesmo Jove:
Não é, não, a vã riqueza,
        Sim beleza,
        Quem os move.
Posto ao lado de Marília,
Mais que mortal me contemplo;
Deixo os bens, que aos homens cegam,
Sigo dos Deuses o exemplo:
Amo virtudes, e dotes;
Amo, enfim, prezado Alceu,
Bens, que valem sobre a terra,
E que têm valor no Céu.

Astuto: esperto, inteligente.

Fausto: luxo, ostentação.

Apoucado significa pouco valorizado.

Torpe: asqueroso, nojento.

Traduzindo: os baús (arcas) de ouro (barras).

Vil: abjeto, indigno.

LIRA XVI

> Eulina era uma das musas de Cláudio Manuel da Costa. Aliás, não havia regra de quantas musas um poeta podia ter, então podiam ser várias...

> "Engraçada", aqui, é "graciosa".

Eu, Glauceste, não duvido
Ser a tua **Eulina** amada
       Pastora formosa,
       Pastora **engraçada**.
Vejo a sua cor de rosa,
Vejo o seu olhar divino,
Vejo os seus purpúreos beiços,
Vejo o peito cristalino;
Nem há cousa que assemelhe
Ao crespo cabelo louro.
Ah! que a tua Eulina vale,
Vale um imenso tesouro!

   Ela vence muito e muito
À laranjeira copada,
       Estando de flores,
       E frutos ornada.

É, Glauceste, os teus Amores;
E nem por outra Pastora,
Que menos dotes tivera,
Ou que menos bela fora,
O meu Glauceste cansara
As divinas cordas de ouro.
Ah! que a tua Eulina vale,
Vale um imenso tesouro!

    Sim, Eulina é uma Deusa;
Mas anima a formosura
        De uma alma de fera;
        Ou inda mais dura.
Ah! quando Alceu pondera
Que o seu Glauceste suspira,
Perde, perde o sofrimento,
E qual enfermo delira!
Tenha embora brancas faces, ›

Meigos olhos, fios de ouro,
A tua Eulina não vale,
Não vale imenso tesouro.

    O fuzil, que imita a cobra,
Também aos olhos é belo:
        Mas quando **alumeia**,
        Tu tremes de vê-lo.
Que importa se mostre cheia
De mil belezas a ingrata?
Não se julga formosura
A formosura que mata.
Evita, Glauceste, evita
O teu estrago e **desdouro**;
A tua Eulina não vale,
Não vale imenso tesouro.

    A minha Marília quanto
À natureza não deve!
        Tem divino rosto
        E tem mãos de neve.
Se mostro na face o gosto,
Ri-se Marília, contente;
Se canto, canta comigo;
E apenas triste me sente,
Limpa os olhos com as tranças
De fino cabelo louro.
A minha Marília vale,
Vale um imenso tesouro.

Alumiar: iluminar, tornar claro.

Desdouro é perda do brilho ou da honra.

LIRA XVII

Minha Marília,
Tu **enfadada**?
Que mão ousada
Perturbar pode
A paz sagrada
Do peito teu?
         Porém que muito
Que irado esteja
O teu semblante!
Também troveja
O claro Céu.

    Eu sei, Marília,
Que outra Pastora
A toda a hora,
Em toda a parte
Cega namora
Ao teu Pastor.
         Há sempre fumo ▸

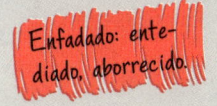

> Enfadado: entediado, aborrecido.

Aonde há fogo:
Assim, Marília,
Há zelos, logo
Que existe amor.

    Olha, Marília,
Na fonte pura
A tua **alvura**,
A tua boca
E a compostura
Das mais feições.
        Quem tem teu rosto
Ah! não receia
Que terno amante
Solte a cadeia,
Quebre os grilhões.

    Não anda Laura
Nestas campinas
Sem as boninas
No seu cabelo,
Sem **peles** finas
No seu **jubão**.
        Porém que importa?
O rico **asseio**
Não dá, Marília,
Ao rosto feio
A perfeição.

    Quando apareces
Na madrugada,
Mal embrulhada
Na larga roupa,
E **desgrenhada**
Sem fita ou flor;
        Ah! que então brilha
A natureza!
Estão se mostra
Tua beleza
Inda maior.

Alvura: candura, pureza.

🔖 Era chique cobrir a cabeça com véu. Mais chique ainda se fosse feito de um material tipo casaco de pele.

🔖 Jubão é um cabelo grande, comprido.

Asseio: cuidado, capricho.

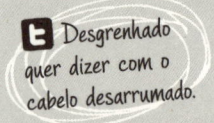

🔖 Desgrenhado quer dizer com o cabelo desarrumado.

Inda: ainda.

O Céu formoso,
Quando alumia
O Sol de dia,
Ou estrelado
Na noite fria,
Parece bem.
      Também tem graça
Quando amanhece;
Até, Marília,
Quando anoitece
Também a tem.

   Que tens, Marília,
Que ela suspire,
Que ela delire,
Que corra os vales,
Que os montes gire,
Louca de amor?
      Ela é que sente
Esta **desdita**,
E na repulsa
Mais se acredita
O teu pastor.

> Desdita: infortúnio, infelicidade.

   Quando há, Marília,
Alguma festa
Lá na floresta,
(Fala a verdade!)
dança com esta
o bom Dirceu?
      E se ela o busca,
Vendo buscar-se,
Não se levanta,
Não vai sentar-se
Ao lado teu?

   Quando um por outro
Na rua passa,
Se ela diz graça
Ou muda o gesto, ▸

Negaça: ardil, dissimulação.

"Fronteira", aqui, é "frente a frente".

Desvelar quer dizer tirar o sono.

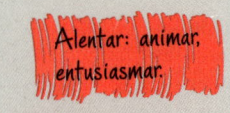

Alentar: animar, entusiasmar.

Pundonor: orgulho, brio.

Esta **negaça**
Faz-lhe impressão?
      Se está **fronteira**,
E brandamente
Lhe fita os olhos,
Não põe prudente
Os seus no chão?

    Deixa o ciúme,
Que te **desvela**,
Marília bela;
Nunca receies
Dano daquela
Que igual não for.
      Que mais desejas?
Tens lindo aspecto;
Dirceu se **alenta**
De puro afeto,
De **pundonor**.

LIRA XVIII

Não vês aquele velho respeitável,
        Que, à muleta encostado,
Apenas mal se move e mal se arrasta?
Oh! quanto estrago não lhe fez o tempo,
        O tempo **arrebatado**,
        Que o mesmo bronze gasta!

    Enrugaram-se as faces, e perderam
        Seus olhos a viveza;
Voltou-se o seu cabelo em branca neve:
Já lhe treme a cabeça, a mão, o queixo,
        Não tem uma beleza
        Das belezas, que teve.

    Assim também serei, minha Marília,
        Daqui a poucos anos;
Que o ímpio tempo para todos corre.
Os dentes cairão, e os meus cabelos, ▶

Arrebatado: impetuoso, apressado.

Ah! sentirei os danos,
Que evita só quem morre.

Mas sempre passarei uma velhice
Muito menos penosa.
Não trarei a muleta carregada:
Descansarei o já **vergado** corpo
Na tua mão piedosa,
Na tua mão nevada.

As frias tardes, em que negra nuvem
Os **chuveiros** não lance,
Irei contigo ao prado florescente:
Aqui me buscarás um sítio ameno,
Onde os membros descanse,
E ao brando sol me aquente.

Apenas me sentar, então, movendo
Os olhos por aquela
Vistosa parte, que ficar fronteira;
Apontando direi: *Ali falamos,*
Ali, ó minha bela,
Te vi a vez primeira.

Verterão os meus olhos duas fontes,
Nascidas de alegria;
Farão teus olhos ternos outro tanto;
Então darei, Marília, frios beijos
Na mão formosa, e **pia**,
Que me limpar o **pranto**.

Assim irá, Marília, docemente
Meu corpo suportando
Do tempo desumano a dura guerra.
Contente morrerei, por ser Marília
Quem, sentida, chorando,
Meus baços olhos **cerra**.

Vergado: curvado, arqueado.

"Chuveiro", neste caso, é o mesmo que "chuvarada".

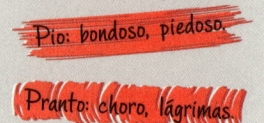

Vistoso: bonito, encantador.

Verter: derramar, entornar.

Pio: bondoso, piedoso.

Pranto: choro, lágrimas.

Cerrar: fechar, vedar.

LIRA XIX

Enquanto pasta alegre o manso gado,
Minha bela Marília, nos sentemos
À sombra deste **cedro** levantado.
      Um pouco meditemos
      Na regular beleza,
Que em tudo quanto vive nos descobre
      A sábia Natureza.

   Atende como aquela vaca preta
O **novilhinho** seu dos mais separa,
E o lambe, enquanto chupa a lisa teta.
      Atende mais, ó cara,
      Como a ruiva cadela
Suporta que lhe morda o filho o corpo,
      E salte em cima dela.

   Repara como, cheia de ternura,
Entre as asas ao filho essa ave aquenta, ▶

> Cedro é um tipo de árvore.

> Atender: reparar, atentar.

> Novilhinho é um bezerro bem novinho.

Esgravatar: sondar, escarafunchar.

Encolerizar: enfurecer, enraivecer.

"**Refletir**", aqui, tem o sentido de "espelhar", "retratar".

"**Barba**", neste contexto, é só a região do queixo, sem pelo.

Traduzindo: delicada (tenro) criança (infante).

Ou seja, crianças brincando de lutar.

Como aquela **esgravata** a terra dura,
    E os seus assim sustenta;
    Como se **encoleriza**,
E salta sem receio a todo o vulto,
    Que junto deles pisa.

    Que gosto não terá a esposa amante,
Quando der ao filhinho o peito brando,
E **refletir** então no seu semblante!
    Quando, Marília, quando
    Disser consigo: *É esta*
De teu querido pai a mesma **barba**,
    A mesma boca, e testa.

    Que gosto não terá a mãe, que toca,
Quando o tem nos seus braços, c'o dedinho
Nas faces graciosas e na boca
    Do inocente filhinho!
    Quando, Marília bela,
O **tenro infante** já com risos mudos
    Começa a conhecê-la!

    Que prazer não terão os pais, ao verem
Com as mães um dos filhos abraçados;
Jogar outros **na luta**, outros correrem
    Nos cordeiros montados!
    Que estado de ventura!
Que até naquilo, que de peso serve,
    Inspira Amor doçura.

LIRA XX

Em uma frondosa
Roseira se abria
Um negro botão.
Marília adorada
O pé lhe torcia
Com a branca mão.

    Nas **folhas viçosas**
A abelha enraivada
O corpo escondeu.
Tocou-lhe Marília,
Na mão descuidada
A fera mordeu.

    Apenas lhe morde,
Marília, gritando,
C'o dedo fugiu.
Amor, que no bosque ❯

> Aqui, as folhas são as pétalas da flor, e "viçoso" quer dizer "saudável".

Rotura: ferimento, machucado.

Espargido: derramado, espalhado.

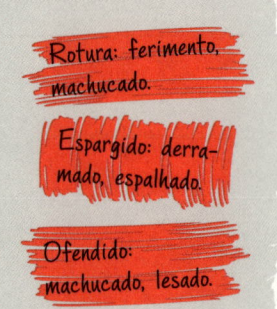

Ofendido: machucado, lesado.

Estava brincando,
Aos ais acudiu.

  Mal viu a **rotura**,
E o sangue **espargido**,
Que a Deusa mostrou,
Risonho beijando
O dedo **ofendido**,
Assim lhe falou:

  *Se tu por tão pouco
O pranto desatas,
Ah! dá-me atenção:
E como daquele,
Que feres e matas
Não tens compaixão?*

LIRA XXI

Não sei, Marília, que tenho,
Depois que vi o teu rosto;
Pois quanto não é Marília,
Já não posso ver com gosto.
　　　　Noutra idade me alegrava,
Até quando conversava
Com o mais rude vaqueiro:
Hoje, ó bela, me aborrece
Inda o **trato lisonjeiro**
Do mais discreto pastor.
Que efeitos são os que sinto?
Serão efeitos de Amor?

　Saio da minha cabana
Sem reparar no que faço;
Busco o sítio aonde moras,
Suspendo **defronte** o passo.
　　　　Fito os olhos na janela ›

> Traduzindo:
> interação (trato)
> agradável (lisonjeiro).

> Defronte: na frente.

> Fitar: cravar, fixar.

Aonde, Marília bela,
Tu chegas ao fim do dia;
Se alguém passa e te saúda,
Bem que seja cortesia,
Se acende na face a cor.
Que efeitos são os que sinto?
Serão efeitos de Amor?

    Se estou, Marília, contigo,
Não tenho um leve cuidado;
Nem me lembra se são horas
De levar à fonte o gado.
        Se vivo de ti distante,
Ao minuto, ao breve instante
Finge um dia o meu desgosto;
Jamais, Pastora, te vejo
Que em teu semblante composto
Não veja graça maior.
Que efeitos são os que sinto?
Serão efeitos de Amor?

    Ando já com o juízo,
Marília, tão perturbado,
Que no mesmo aberto **sulco**
Meto de novo o arado.
        Aqui no **centeio** pego,
Noutra parte em vão o **sego**;
Se alguém comigo conversa, ▶

Sulco é o buraco pouco fundo e em linha reta no qual são jogadas as sementes.

Centeio é uma planta cujo grão é usado para fazer pão e cerveja.

Segar: cortar, ceifar.

Ou não respondo, ou respondo
Noutra coisa tão diversa,
Que nexo não tem menor.
Que efeitos são os que sinto?
Serão efeitos de Amor?

    Se geme o **bufo agoureiro**,
Só Marília me desvela,
Enche-se o peito de mágoa,
E não sei a causa dela.
          Mal durmo, Marília, sonho
Que fero leão medonho
Te devora nos meus braços:
Gela-se o sangue nas veias,
E **solto do sono os laços**
À força da imensa dor.
Ah! que os efeitos que sinto
Só são efeitos de Amor!

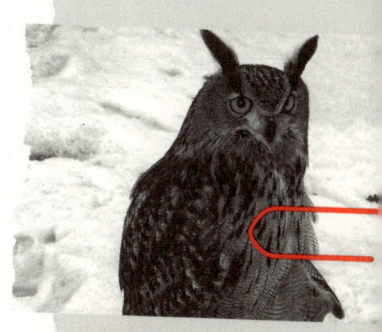

> **f** Bufo é uma ave noturna cujo pio parece com as palavras bufo ou bubo. Como esse pio é meio sinistro, acabaram ganhando a fama de sinal de coisa ruim (agoureiro).

> **t** Soltar do sono os laços é o mesmo que acordar.

LIRA XXII

> Ou seja, puxada por seis cavalos.

> Tremó é um espelho colocado na parede bem no espaço entre duas janelas.

> Pender é estar dependurado, suspenso.

> Apainelado significa decorado com algum tipo de painel.

> O coche era uma carruagem chique e veloz usada entre os séculos XV e XVIII.

Vate: poeta, bardo.

Prezar: estimar, gostar.

> Os imperadores romanos eram tratados como augustos, que significa venerável, majestoso.

> Choupana é uma moradia humilde.

Muito embora, Marília, muito embora
Outra beleza, que não seja a tua,
Com a vermelha roda, **a seis puxada**,
      Faça tremer a rua;

    As paredes da sala aonde habita
Adorne a seda e o **tremó** dourado;
Pendam largas cortinas, penda o lustre
      Do teto **apainelado**,

    Tu não habitarás Palácios grandes,
Nem andarás nos **coches** voadores;
Porém terás um **Vate** que te **preze**,
      Que cante os teus louvores.

    O tempo não respeita a formosura;
E da pálida morte a mão tirana
Arrasa os edifícios dos **Augustos**,
      E arrasa a vil **choupana**.

Que belezas, Marília, floresceram,
De quem nem sequer temos a memória!
Só podem conservar um nome eterno
      Os versos, ou a história.

Se não houvesse **Tasso**, nem Petrarca,
Por mais que qualquer delas fosse linda,
Já não sabia o mundo, se existiram
      Nem Laura, nem **Clorinda**.

É melhor, minha bela, ser lembrada
Por quantos hão de vir sábios humanos,
Que ter **urcos**, ter coches e tesouros,
      Que morrem com os anos.

> **8** Torquato Tasso (1544-95) publicou em 1581 o poema épico *Jerusalém libertada*.

> **t** No poema de Tasso, Tancredo e Clorinda tinham um amor complicado porque ele era da turma de Cristo, e ela, do time de Alá.

> **t** Urco é cavalo de raça.

LIRA XXIII

Murta é um tipo de arbusto cuja flor, na Grécia Antiga, era usada para enfeitar o cabelo das noivas.

Temperar: afinar, harmonizar.

Ferir: tocar, tanger.

Num sítio ameno
Cheio de rosas,
De brancos lírios,
Murtas viçosas;

    Dos seus amores
Na companhia
Dirceu passava
Alegre o dia.

    Em tom de graça,
Ao terno amante
Manda Marília
Que toque e cante.

    Pega na lira,
Sem que a **tempere**,
A voz levanta,
E as cordas **fere**.

C'os doces **pontos**
A mão **atina**,
E a voz iguala
À voz divina.

Ela, que teve
De rir-se a ideia,
Nem move os olhos
De assombro cheia.

Então Cupido
Aparecendo,
À bela fala,
Assim dizendo:

Do teu amado
A lira fias,
Só por que dele
Zombando rias?

Quando num peito
Assento faço,
Do peito subo
À língua e braço.

Nem creias que outro
Estilo tome,
Sendo eu o mestre,
A ação teu nome.

> Ponto é a nota musical.

> Atinar: encontrar, descobrir.

LIRA XXIV

> Salobra é aquela água que não dá para beber, que tem sabor desagradável.

Encheu, minha Marília, o grande Jove
De imensos animais de toda a espécie
    As terras, mais os ares,
O grande espaço dos **salobros** rios,
    Dos negros, fundos mares,
    Para sua defesa,
A todos deu as armas, que convinha,
    A sábia Natureza.

    Deu as asas aos pássaros ligeiros,
Deu ao peixe escamoso as barbatanas;
    Deu veneno à serpente,
Ao membrudo elefante a enorme tromba,
    E ao javali o dente.
    Coube ao leão a garra;
Com leve pé saltando o cervo foge;
    E o bravo touro **marra**.

> Marrar é bater com a cabeça, com os chifres.

Ao homem deu as armas do discurso,
Que valem muito mais que as outras armas;
    Deu-lhe dedos ligeiros,
Que podem converter em seu serviço
    Os ferros, e os madeiros,
    Que tecem fortes laços,
E forjam raios, com que aos brutos cortam
    Os voos, mais os passos.

Às tímidas donzelas pertenceram
Outras armas, que têm dobrada força:
    Deu-lhes a Natureza,
Além do entendimento, além dos braços,
    As armas da beleza.
    Só ela ao Céu se atreve,
Só ela mudar pode o gelo em fogo,
    Mudar o fogo em neve.

Eu vejo, eu vejo ser a formosura
Quem arrancou da mão de **Coriolano**
    A cortadora espada.
Vejo que foi de **Helena** o lindo rosto
    Quem pôs em campo, armada,
    Toda a força da Grécia.
E quem tirou o Cetro aos reis de Roma,
    Só foi, só foi **Lucrécia**.

Se podem lindos rostos, mal suspiram,
O braço desarmar do mesmo Aquiles;
    Se estes rostos irados
Podem soprar o fogo da discórdia
    Em povos aliados;
    És árbitra da terra:
Tu podes dar, Marília, a todo o mundo
    A paz, e a dura guerra.

---

8 Coriolano foi um general romano. Só que as confusões da vida o fizeram se juntar aos inimigos de Roma para atacá-la. Ele foi destruindo tudo e só parou com as súplicas da mãe e da esposa.

Helena, filha de Zeus com Leda, era a moça mais linda do mundo. Todos queriam se casar com ela. Ulisses, que também a queria, propôs que os interessados jurassem proteger quem ela escolhesse. Helena se casou com Menelau, mas depois ficou com Páris, desencadeando a Guerra de Troia.

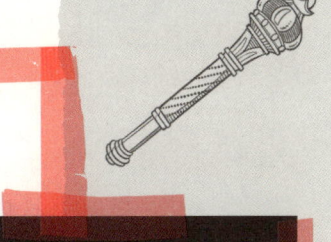

Lucrécia era uma nobre da Roma Antiga, casada com Colatino. Sexto Tarquínio (filho do rei daquela época) deu em cima dela, e, como a moça não quis nada, estuprou-a. Lucrécia ficou tão abalada que se suicidou.

LIRA XXV

O cego Cupido um dia
Com os seus Gênios falava
Do modo que lhe restava
De **cativar** a Dirceu.
　　　Depois de larga disputa,
Um dos Gênios mais **sagazes**
Este conselho lhe deu:

　As setas mais **aguçadas**,
Como se em rocha batessem,
Dão nos seus peitos e descem
Todas quebradas ao chão.
　　　Só as graças de Marília
Podem vencer um tão duro,
Tão isento coração.

　A **fortuna** desta empresa
Consiste em armar-se o laço,

Cativar: conquistar, encantar.

Sagaz: inteligente, esperto.

Aguçado é aquilo que tem ponta fina, afilada.

Fortuna: sorte, sucesso.

Sem que sinta ser o braço,
Que lho prepara, de Amor:
      Que ele vive como as aves,
Que já deixaram as penas
No **visco** do Caçador.

  Na força deste conselho
O **raivoso** Deus sossega,
E à tropa a honra entrega
De o fazer executar.
      Todos **pertendem** ganhá-la;
Batem as asas ligeiros,
E vão as armas buscar.

  Os primeiros se ocultaram
Da Deusa nos olhos belos:
Qual se enlaçou nos cabelos,
Qual às faces se prendeu.
      Um **amorinho** cansado
Caiu dos lábios ao seio,
E nos peitos se escondeu.

  Outro Gênio mais astuto
Este novo **ardil** alcança:
Muda-se numa criança
De divino **parecer**;
      Esconde as asas e a **venda**;
Esconde as setas, e quanto
Pode dá-lo a conhecer.

  Ela, que vê um menino
Todo de graças coberto,
Tão risonho e tão esperto
Ali sozinho brincar,
      A ele endireita os passos;
Finge Amor ter medo, e a Deusa
Mais se empenha em lhe pegar.

  Ela corria chamando;
Ele fugia e chorava:

---

t Visco, ou visgo, é uma espécie de cola pegajosa feita da casca de uma planta, o azevinho.

t "Raivoso", aqui, não é no sentido de raiva de verdade, mas de "paixão".

t Hoje, escreve-se "pretender", mas no passado já foi "pertender".

t Amorinho é um pequeno cupido.

Ardil: artimanha, armadilha.

t "Parecer" aqui tem sentido de "aspecto".

t Quando se aproxima, o Cupido engana as pessoas, escondendo as asas, as flechas e a venda, que em algumas descrições tapa os olhos dele. Você já deve ter ouvido que o amor é cego, não?

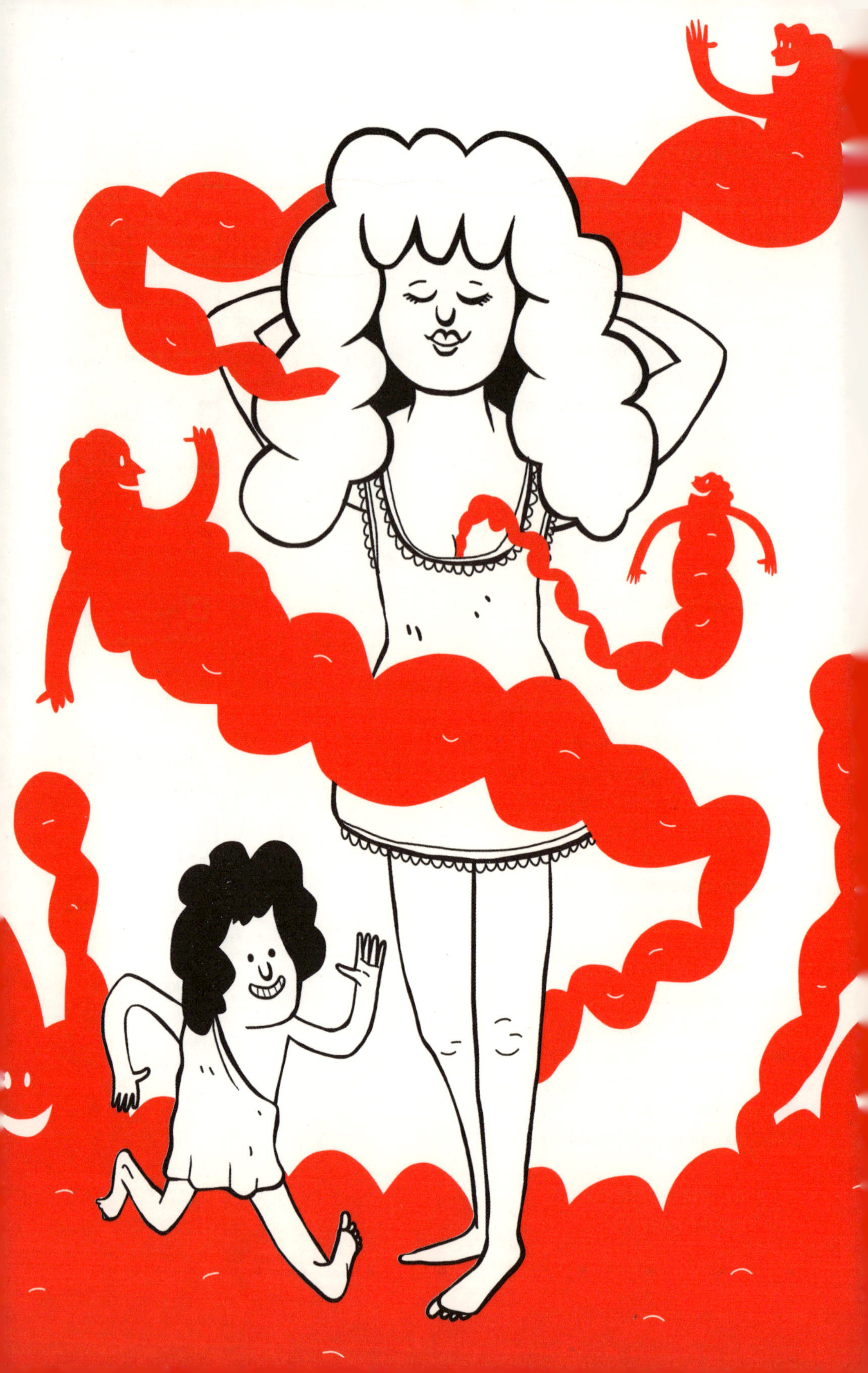

Assim foram onde estava
O descuidado Pastor.
        Este, mal viu a beleza
E o gentil menino, entende
A malícia do traidor.

   Põe as mãos sobre os ouvidos,
Cerra os olhos e, constante,
Não quer ver o seu semblante,
Não o quer ouvir falar.
        Qual Ulisses noutra idade
Para iludir as **Sereias**
Mandou tambores tocar.

   Cupido, que a empresa via,
Julga o intento frustrado,
E de raiva transportado
O corpo no chão lançou.
        Traçou a língua nos dentes;
Meteu as unhas no rosto,
E os cabelos arrancou.

   O Gênio, que se escondia
Entre os peitos da Pastora,
Ergueu a cabeça fora,
E o sucesso conheceu.
        Deixa o sossego em que estava,
E vai ligeiro meter-se
No peito do bom Dirceu.

   Apenas c'o brando peito
Lhe tocou a neve fria,
Com o calor que trazia
Lhe abrasou o coração.
        Dá o Pastor um suspiro,
Abre os seus olhos e solta
Do apertado ouvido a mão.

   Logo que viram os Gênios
Ao triste Pastor disposto ▸

> Ulisses e as sereias aparecem na *Odisseia*, poema épico escrito por Homero. Mas lá não são tambores que ajudam o herói a resistir ao canto das sereias. Na verdade, ele tapa os ouvidos com cera.

Para ver o lindo rosto,
Para as palavras ouvir,
          Cada um as armas toma,
Cada um com elas busca
Seu terno peito ferir.

    Com os cabelos da Deusa
Lhe forma um Cupido laços,
Que lhe seguram os braços,
Como se fossem grilhões.
          O Pastor já não resiste;
Antes beija satisfeito
As suas doces prisões.

LIRA XXVI

O **destro** Cupido um dia
Extraiu mimosas cores
De frescos lírios, e rosas,
De jasmins e de outras flores.

    Com as mais delgadas **penas**
Usa de uma e de outra tinta,
E nos ângulos do cobre
A quatro belezas pinta.

    Por fazer pensar a todos,
No seu liso centro escreve
Um letreiro, que pergunta:
Este espaço a quem se deve?

    Vênus, que viu a pintura,
E leu a letra engenhosa,
Pôs por baixo: *Eu dele cedo;*
Dê-se a Marília formosa.

Destro: esperto, competente.

Pena é a bisavó da caneta, mas aqui é mais como um pincel.

Neste caso, "por" quer dizer "para".

Vênus, a deusa do amor, viu a pintura e escreveu uma resposta logo abaixo da pergunta, dizendo que abria mão do título de a mais bela, passando a honraria para Marília. É um tremendo elogio a Marília e uma grande distorção da figura de Vênus, pois ela nunca admitiria que alguma mulher fosse mais bonita do que ela.

LIRA XXVII

8 Alexandre, o Grande, (356-323 a.C.) foi rei da Macedônia e morreu novo, com 33 anos (por isso o "morreu na flor dos anos"). Apesar disso, teve várias vitórias e conquistas.

Salteador: assaltante, ladrão.

Alexandre, Marília, qual o rio,
Que engrossando no Inverno tudo arrasa,
    Na frente das coortes
    Cerca, vence, abrasa
    As Cidades mais fortes.
Foi na glória das armas o primeiro;
Morreu na flor dos anos, e já tinha
    Vencido o mundo inteiro.

  Mas este bom soldado, cujo nome
Não há poder algum, que não abata,
    Foi, Marília, somente
    Um ditoso pirata,
    Um **salteador** valente.
Se não tem uma fama baixa e escura,
Foi por se pôr ao lado da injustiça
    A insolente ventura.

O grande **César**, cujo nome voa,
À sua mesma Pátria a fé **quebranta**;
　　　　Na mão a espada toma,
　　　　Oprime-lhe a garganta,
　　　　Dá Senhores a Roma.
Consegue ser herói por um delito;
Se acaso não vencesse, então seria
　　　　Um vil traidor **proscrito**.

O ser herói, Marília, não consiste
Em queimar os Impérios: move a guerra,
　　　　Espalha o sangue humano,
　　　　E despovoa a terra
　　　　Também o mau tirano.
Consiste o ser herói em viver justo:
E tanto pode ser herói o pobre,
　　　　Como o maior Augusto.

Caio Júlio César (100 a.C.–44 a.C.) chegou ao poder como parte de um trio. Ele, Crasso e Pompeu acertaram que iam governar Roma em conjunto, o que ficou conhecido como Primeiro Triunvirato. Mas Crasso morreu, os outros dois se desentenderam e, assim, iniciou-se uma guerra civil. César venceu Pompeu e fez seu governo virar uma ditadura.

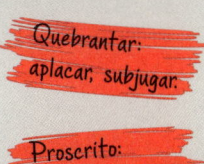

Quebrantar: aplacar, subjugar.

Proscrito: exilado, banido.

Eu é que sou herói, Marília bela,
Seguindo da virtude a honrosa estrada:
    Ganhei, ganhei um trono,
    Ah! não manchei a espada,
    Não o roubei ao dono!
Ergui-o no teu peito e nos teus braços:
E valem muito mais que o mundo inteiro
    Uns tão ditosos laços.

Aos bárbaros, injustos vencedores
Atormentam remorsos, e cuidados;
    Nem descansam seguros
    Nos Palácios cercados
    De tropa e de altos muros.
E a quantos nos não mostra a sábia História
A quem mudou o fado em negro **opróbrio**
    A mal ganhada glória!

Eu vivo, minha bela, sim, eu vivo
Nos braços do descanso, e mais do gosto:
    Quando estou acordado,
    Contemplo no teu rosto,
    De graças adornado:
Se durmo, logo sonho e ali te vejo.
Ah! nem desperto nem dormindo sobe
    A mais o meu desejo!

Opróbrio: desonra, vergonha.

LIRA XXVIII

Cupido, tirando
Dos ombros a aljava,
Num campo de flores
Contente brincava.

    E o corpo tenrinho
Depois, enfadado,
Incauto reclina
Na **relva** do prado.

    Marília formosa,
Que ao Deus conhecia,
Oculta espreitava
Quanto ele fazia.

    Mal julga que dorme
Se chega contente,
As armas lhe furta,
E o Deus a não sente.

Incauto: ingênuo, inocente.

Relva é uma vegetação rasteira, tipo um gramado.

Faunos eram criaturas da mitologia grega com corpo metade humano e metade bode. Viviam em bosques e protegiam os rebanhos e os pastores.

"Cru" aqui tem sentido de "cruel". Teve até um rei em Portugal chamado de Pedro I, o Cru, ou seja, o Cruel, que reinou apenas de 1357 a 1367.

    Os **Faunos**, mal viram
As armas roubadas,
Saíram das grutas
Soltando risadas.

    Acorda Cupido,
E a causa sabendo,
A quantos o insultam
Responde, dizendo:

    *Temíeis as setas
Nas minhas mãos **cruas**?
Vereis o que podem
Agora nas suas.*

LIRA XXIX

O tirano Amor risonho
Me aparece e me convida
Para que seu **jugo** aceite;
E quer que eu passe em deleite
O resto da triste vida.

    O sonoro **Anacreonte**
(Astuto o moço dizia)
*Já perto da morte estava,
Inda de amores cantava;
Por isso alegre vivia.*

    Aos negros, duros pesares
Não resiste um peito fraco,
Se Amor o não fortalece;
O mesmo Jove carece
De Cupido, e mais de **Baco**.

Jugo: domínio, soberania.

[8] Anacreonte (563--478 a.C.) foi um poeta da Grécia Antiga que adorava dois temas: o amor e os vinhos.

[t] Baco é na mitologia romana (Dionísio, para os gregos) o deus do vinho, das festas, da fertilidade e da agricultura.

> Perjurar é fazer um juramento falso.

Eu lhe respondo: **Perjuro**,
Nada creio do que dizes!
Porque já te fui sujeito,
Inda conservo no peito
Estas frescas cicatrizes.

Se o mundo conhece males,
Tu os maiores fizeste,
Sim, tu a **Troia** queimaste,
Tu a **Cartago** abrasaste,
E tu a **Antônio** perdeste.

Amor, vendo que da oferta
Algum apreço não faço,
Me diz afoito que trate
De ir com ele a combate,
Peito a peito, braço a braço.

Vou buscar as minhas armas:
Cinjo primeiro que tudo
O brilhante **arnês**, e à pressa
Ponho um **elmo** na cabeça,
Tomo a lança e o grosso escudo.

Mal no Campo me apresento,
Marília (oh Céus!) me aparece:
Logo que os olhos me fita,
O meu coração palpita,
A minha mão desfalece.

Então me diz o tirano:
Confessa, louco, o teu erro;
Contra as armas da beleza
Não vale a externa defesa
Dessa armadura de ferro.

Quando Helena fugiu com Páris para Troia, Menelau se vingou atacando a cidade do amante da esposa. A peleja durou uns dez anos e terminou com a vitória do marido traído e com Troia destruída, incendiada pelos gregos.

A Eneida, poema épico de Virgílio, relata que Dido, rainha de Cartago, e Eneias se apaixonaram. Porém, ele a abandona quando o deus Mercúrio o lembra de que ele tem uma missão a cumprir: fundar um império (Roma). Dido então se suicida, mas jura vingança. Segundo a lenda, essa seria a razão das Guerras Púnicas. Cartago (que fica onde hoje é a Tunísia) foi por muito tempo uma grande rival de Roma. Mas, na Terceira Guerra Púnica, os romanos venceram e arrasaram o local, com um fogo que durou quase vinte dias e fez tudo virar pó.

Marco Antônio (83-30 a.C.) foi um político romano que se casou com a irmã de Otávio, outra figura importante, só pra ficar bem na fita com o cara. Mas Antônio amava Cleópatra, rainha do Egito. Um dia ele despachou a esposa de Alexandria para Roma, ficando só com Cleópatra. Isso foi a gota d'água na relação dos rapazes, que já andavam discordando na política. Otávio fez Roma decretar guerra ao Egito e Antônio recebeu o título de traidor da pátria. No fim, Antônio e Cleópatra perderam tudo e se suicidaram.

Arnês: armadura.

> Elmo é o capacete da armadura.

LIRA XXX

Junto a uma clara fonte
A mãe de Amor se sentou;
Encostou na mão o rosto,
No leve sono pegou.

    Cupido, que a viu de longe,
Contente ao lugar correu;
Cuidando que era Marília,
Na face um beijo lhe deu.

    Acorda Vênus irada:
Amor a **conhece**; e então
Da ousadia, que teve,
Assim lhe pede o perdão:

    Foi fácil, ó mãe formosa,
Foi fácil o engano meu;
Que o semblante de Marília
É todo o semblante teu.

> "Conhecer", aqui, quer dizer "reconhecer".

LIRA XXXI

Minha Marília,
Se tens beleza,
Da Natureza
É um favor.
Mas se aos **vindouros**
Teu nome passa,
É só por graça
Do Deus de amor,
Que terno inflama
A mente, o peito
Do teu Pastor.

    Em vão se viram
Perlas mimosas,
Jasmins e rosas
No rosto teu.
Em vão terias
Essas estrelas
E as tranças belas, ❯

Vindouro é a geração futura.

Perla: pérola.

Que o Céu te deu;
Se em doce verso
Não as cantasse
O bom Dirceu.

O **voraz** tempo
Ligeiro corre;
Com ele morre
A perfeição.
Essa que o Egito
Sábia modera,
De Marco impera
No coração;
Mas já **Otávio**
Não sente a força
Do seu grilhão.

Ah! vem, ó bela,
E o teu querido,
Ao Deus Cupido
Louvores dar;
Pois faz que todos
Com igual sorte
Do tempo e morte
Possam zombar:
Tu por formosa,
E ele, Marília,
Por te cantar.

Mas ai! Marília,
Que de um amante,
Por mais que cante,
Glória não vem!
Amor se pinta
Menino, e cego:
No doce emprego
Do caro bem
Não vê defeitos,
E aumenta quantas
Belezas tem.

> Voraz: devorador, devastador.

> "Essa" aqui é a Cleópatra.

> Quando o caldo entornou pra Marco Antônio, Cleópatra tentou seduzir Otávio pra ver se salvava sua pele. Mas a estratégia não deu certo.

Néscio: estúpido, tolo.

🐦 "Talvez que não" é o mesmo que "talvez não".

🐦 Cantada aqui é tipo um elogio feito por meio de poemas que demonstram encantamento pelas qualidades de alguém.

    Nenhum dos Vates,
Em teu conceito,
Nutriu no peito
Néscia paixão?
Todas aquelas,
Que vês cantadas,
Foram dotadas
De perfeição?
Foram queridas;
Porém formosas
Talvez que não.

    Porém que importa
Não valha nada
Seres **cantada**
Do teu Dirceu?
Tu tens, Marília,
Cantor celeste;
O meu Glauceste
A voz ergueu:
Irá teu nome
Aos fins da terra,
E ao mesmo Céu.

Quando nas asas
Do leve vento
Ao **firmamento**
Teu nome for:
Mostrando Jove
Graça extremosa,
Mudando a **Esposa**
De inveja a cor;
De todos há de,
Voltando o rosto,
Sorrir-se Amor.

Ah! não se manche
Teu brando peito
Do vil defeito
Da ingratidão!
Os versos beija,
Gentil Pastora,
A pena adora,
Respeita a mão,
A mão discreta,
Que te segura
A duração.

Firmamento: céu, Páramo.

A "esposa" é Juno, a mulher de Júpiter. Ela era ciumenta e vingativa, mas também pudera: seu marido a traía sem parar.

LIRA XXXII

Revolver: mexer, revirar.

Por ver: para ver.

"Sem-razão" é o mesmo que "injustiça".

Numa noite, sossegado,
Velhos papéis **revolvia**,
E **por ver** de que tratavam
Um por um a todos lia.

    Eram cópias emendadas
De quantos versos melhores
Eu compus na tenra idade
A meus diversos amores.

    Aqui leio justas queixas
Contra a ventura formadas,
Leio excessos mal aceitos,
Doces promessas quebradas.

    Vendo **sem-razões** tamanhas
Eu exclamo transportado:
Que finezas tão malfeitas!
Que tempo tão mal passado!

Junto pois num grande monte
Os soltos papéis, e logo,
Por que relíquias não fiquem,
Os intento pôr no fogo.

   Então vejo que o Deus cego,
Com semblante carregado,
Assim me fala e **crimina**
O meu intento **acertado**:

   Queres queimar esses versos?
Dize, Pastor atrevido,
Essas Liras não te foram
Inspiradas por Cupido?

   Achas que de tais amores
Não deve existir memória?
Sepultando esses triunfos,
Não roubas a minha glória?

   Disse Amor; e mal se cala,
Nos seus ombros a mão pondo,
Com um semblante sereno
Assim à queixa respondo:

   Depois, Amor, de me dares
A minha Marília bela,
Devo guardar umas liras,
Que não são em honra dela?

   E que importa, Amor, que importa,
Que a estes papéis destrua;
Se é tua esta mão, que os rasga,
Se a chama, que os queima, é tua?

   Apenas Amor me escuta
Manda que os lance nas brasas;
E ergue a chama c'o vento,
Que formou, batendo as asas.

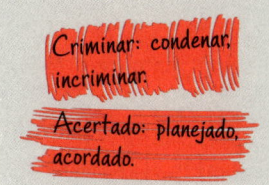

Criminar: condenar, incriminar.

Acertado: planejado, acordado.

LIRA XXXIII

Pega na lira sonora,
Pega, meu caro Glauceste;
E ferindo as cordas de ouro,
Mostra aos rústicos Pastores
A formosura celeste
De Marília, meus amores.
    Ah! pinta, pinta
    A minha bela!
    E em nada a cópia
    Se afaste dela.

Que **concurso**, meu Glauceste,
Que concurso tão ditoso!
Tu és digno de cantares
O seu semblante divino;
E o teu canto sonoroso
Também do seu rosto é **dino**.
    Ah! pinta, pinta
    A minha bela! ▶

Concurso: colaboração, participação.

Dino: digno, merecedor.

E em nada a cópia
Se afaste dela.

Para pintares ao vivo
As suas faces mimosas,
A discreta natureza
Que **providência** não teve!
Criou no jardim as rosas,
Fez o lírio e fez a neve.
      Ah! pinta, pinta
      A minha bela!
      E em nada a cópia
      Se afaste dela.

A pintar as negras tranças
Peço que mais te desveles,
Pinta **chusmas** de amorinhos
Pelos seus fios trepando;
Uns tecendo cordas deles,
Outros com eles brincando.
      Ah! pinta, pinta
      A minha bela!
      E em nada a cópia
      Se afaste dela.

Para pintares, Glauceste,
Os seus beiços graciosos,
Entre as flores tens o cravo,
Entre as pedras a **granada**,
E para os olhos formosos,
A Estrela da madrugada.
      Ah! pinta, pinta
      A minha bela!
      E em nada a cópia
      Se afaste dela.

Mal retratares do rosto
Quanto julgares preciso,
Não dês a cópia por feita;
Passa o outros dotes, passa: ▶

Providência: cuidado, resguardo.

Chusma significa "em grande quantidade".

Granada é uma pedra, tipo cristal, que pode ter várias cores e é muito usada em joias.

Pinta da vista e do riso
A modéstia, mais a graça.
      Ah! pinta, pinta
      A minha bela!
      E em nada a cópia
      Se afaste dela.

Pinta o garbo de seu rosto
Com expressões delicadas;
Os seus pés, quando passeiam,
Pisando ternos amores;
E as mesmas plantas **calcadas**
Brotando viçosas flores.
      Ah! pinta, pinta
      A minha bela!
      E em nada a cópia
      Se afaste dela.

Pinta mais, prezado amigo,
Um terno amante beijando
Suas doiradas cadeias;
E em doce pranto desfeito,
Ao monte e vale ensinando
O nome, que tem no peito.
      Ah! pinta, pinta
      A minha bela!
      E em nada a cópia
      Se afaste dela.

Nem suspendas o teu canto,
Inda que, Pastor, se veja
Que a minha boca suspira,
Que se banha em pranto o rosto;
Que os outros choram de inveja,
E chora Dirceu de gosto.
      Ah! pinta, pinta
      A minha bela!
      E em nada a cópia
      Se afaste dela.

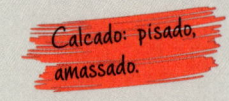

Calcado: pisado, amassado.

SEGUNDA PARTE

O que vem daqui em diante, Tomás Antônio Gonzaga escreveu já na prisão, mais exatamente na masmorra da Ilha das Cobras, na baía de Guanabara, Rio de Janeiro. O autor ficou ali de 1789 até sair a sentença do julgamento em 1792. Durante essa temporada de presidiário, ele dividiu a cela com outros dois colegas acusados de envolvimento na Inconfidência Mineira — Tiradentes e Alvarenga Peixoto.

LIRA I

> Loiro é o mesmo que folha de louro.

Já não cinjo de **loiro** a minha testa;
Nem sonoras canções o Deus me inspira:
    Ah! que nem me resta
    Uma já quebrada,
    Mal sonora Lira!

Mas neste mesmo estado em que me vejo,
Pede, Marília, Amor que vá cantar-te:
    Cumpro o seu desejo;
    E ao que resta **supra**
    A paixão e a arte.

> Suprir: preencher, completar.

A fumaça, Marília, da **candeia**,
Que a molhada parede ou suja ou pinta,
    Bem que tosca e feia,
    Agora me pode
    Ministrar a tinta.

> Candeia: vela.

> Ministrar: dar, fornecer.

Aos mais preparos o discurso apronta:
Ele me diz que faça do pé de uma
        Má laranja ponta,
        E dele me sirva
        Em lugar de pluma.

Perder as úteis horas não, não devo;
Verás, Marília, uma ideia nova:
        Sim, eu já te escrevo,
        Do que esta alma dita
        Quanto amor aprova.

Quem vive no regaço da ventura
Nada obra em te adorar, que assombro faça:
        Mostra mais ternura
        Quem te ensina e morre
        Nas mãos da desgraça.

> A masmorra é um tipo de cela subterrânea, fria, úmida e escura, bem comum naquela época.

Nesta cruel **masmorra** tenebrosa
Ainda vendo estou teus olhos belos,
      A testa formosa,
      Os dentes nevados,
      Os negros cabelos.

Vejo, Marília, sim, e vejo ainda
A chusma dos Cupidos, que pendentes
      Dessa boca linda,
      Nos ares espalham
      Suspiros ardentes.

Se alguém me perguntar onde eu te vejo,
Responderei – *no peito* – que uns Amores
      De casto desejo
      Aqui te pintaram,
      E são bons Pintores.

Mal meus olhos te riam, ah! nessa hora
Teu Retrato fizeram, e tão forte,
      Que entendo que agora
      Só pode apagá-lo
      O pulso da Morte.

Isto escrevia, quando, ó Céus, que pejo!
Descubro a ler-me os versos o Deus loiro:
      Ah! dá-lhes um beijo,
      E diz-me que valem
      Mais que letras de oiro!

LIRA II

Esprema a vil **calúnia** muito embora,
Entre as mãos **denegridas e insolentes**,
      Os venenos das plantas,
      E das bravas serpentes;

Chovam raios e raios, no meu rosto
Não hás de ver, Marília, o medo escrito,
      O medo perturbado,
      Que infunde o vil **delito**.

Podem muito, conheço, podem muito,
As fúrias infernais, que **Pluto** move;
      Mas pode mais que todas
      Um dedo só de Jove.

Este Deus converteu em flor mimosa,
A quem seu nome deram, a Narciso;
      Fez de muitos os **Astros**,
      Qu'inda no Céu **diviso**.

Calúnia: difamação, mentira.

Denegrido é descreditado, desonrado. E insolente é atrevido, descarado.

Delito: crime, transgressão.

Pluto é Plutão, deus da mitologia romana que comandava o inferno.

Ou seja, transformou muitas pessoas/deuses/semideuses em estrelas.

Qu'inda: que ainda.

Divisar: ver, avistar.

Injúria: ofensa, ultraje.

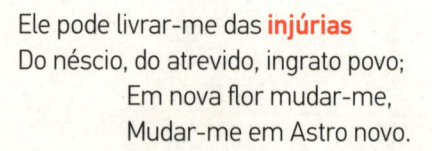

Ele pode livrar-me das **injúrias**
Do néscio, do atrevido, ingrato povo;
    Em nova flor mudar-me,
    Mudar-me em Astro novo.

Porém se os justos Céus, por fins ocultos,
Em tão tirano mal me não socorrem,
    Verás então que os sábios,
    Bem como vivem, morrem.

Eu tenho um coração maior que o mundo!
Tu, formosa Marília, bem o sabes:
    Um coração, e basta,
    Onde tu mesma cabes.

LIRA III

Sucede, Marília bela,
À medonha noite o dia;
A estação chuvosa e fria
À quente, seca estação.
      Muda-se a sorte dos tempos;
      Só a minha sorte não?

Os troncos, nas Primaveras,
Brotam em flores, viçosos;
Nos Invernos **escabrosos**
Largam as folhas no chão.
      Muda-se a sorte dos troncos;
      Só a minha sorte não?

Aos brutos, Marília, cortam
Armadas redes os passos,
Rompem depois os seus laços,
Fogem da dura prisão. ▸

> "Suceder", aqui, quer dizer "vir na sequência".

> Escabroso: difícil, árduo.

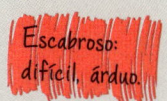

Muda-se a sorte dos brutos;
Só a minha sorte não?

Nenhum dos homens conserva
Alegre sempre o seu rosto;
Depois das **penas** vem **gosto**,
Depois de gosto aflição.
Muda-se a sorte dos homens;
Só a minha sorte não?

Aos altos Deuses moveram
Soberbos Gigantes guerra;
No mais tempo o Céu e a Terra
Lhes tributa adoração.
Muda-se a sorte dos Deuses;
Só a minha sorte não?

Há de, Marília, mudar-se
Do destino a **inclemência**:
Tenho por mim a inocência,
Tenho por mim a razão.
Muda-se a sorte de tudo;
Só a minha sorte não?

O tempo, ó bela, que gasta
Os troncos, pedras e o cobre,
O véu rompe, com que encobre
À verdade a vil traição.
Muda-se a sorte de tudo;
Só a minha sorte não?

Qual eu sou, verá o mundo;
Mais me dará do que eu tinha,
Tornarei a ver-te minha;
Que feliz consolação!
Não há de tudo mudar-se;
Só a minha sorte não!

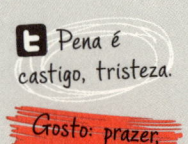

Pena é castigo, tristeza.

Gosto: prazer, contentamento.

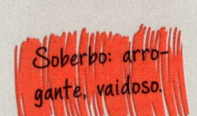

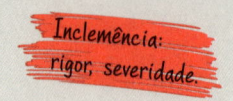

Soberbo: arrogante, vaidoso.

Inclemência: rigor, severidade.

Aqui, "qual" quer dizer "como".

LIRA IV

Já, já me vai, Marília, branquejando
Loiro cabelo, que circula a testa;
Este mesmo, que alveja, vai caindo
      E pouco já me resta.

As faces vão perdendo as vivas cores,
E vão-se sobre os ossos enrugando,
Vai fugindo a viveza dos meus olhos;
      Tudo se vai mudando.

Se quero levantar-me, as costas vergam;
As forças dos meus membros já se gastam,
Vou a dar pela **casa** uns curtos passos,
      Pesam-me os pés e arrastam.

Se algum dia me vires desta sorte,
Vê que assim me não pôs a mão dos anos:
Os **trabalhos**, Marília, os sentimentos
      Fazem os mesmos danos.

"Casa" aqui tem sentido de "cela".

"Trabalho" é o mesmo que "sofrimento".

Mal te vir, me dará em poucos dias
A minha mocidade o doce gosto;
Verás **burnir-se** a pele, o corpo encher-se,
        Voltar a cor ao rosto.

No **calmoso** Verão as plantas secam;
Na Primavera, que os mortais encanta,
Apenas cai do Céu o fresco orvalho,
        Verdeja logo a planta.

A doença deforma a quem padece;
Mas logo que a doença fez seu **termo**,
Torna, Marília, a ser quem era dantes,
        O definhado enfermo.

Supõe-me qual doente, ou qual a planta,
No meio da desgraça, que me altera:
Eu também te suponho qual saúde,
        Ou qual a Primavera.

Se dão esses teus meigos, vivos olhos
Aos mesmos Astros luz e vida às flores,
Que efeitos não farão em quem por eles
        Sempre morreu de amores?

Burnir é o mesmo que brunir, que é alisar uma superfície até que fique sem irregularidade.

Calmoso: quente, abafado.

Verdejar é começar a ficar verde.

Termo: término, fim.

LIRA V

Os mares, minha bela, não se movem;
O **brando Norte** assopra, nem diviso
Uma nuvem sequer na **Esfera** toda;
O destro **Nauta** aqui não é preciso;
Eu só conduzo a nau, eu só modero
        Do seu governo a roda.

Mas ah! que o **Sul** carrega, o mar se empola,
Rasga-se a vela, o **mastaréu** se parte!
Qualquer **varão** prudente aqui já teme;
Não tenho a necessária força e arte.
Corra o sábio Piloto, corra e venha
        Reger o duro leme.

Como sucede à nau no mar, sucede
Aos homens na ventura e na desgraça;
Basta ao feliz não ter total demência;
Mas quem de venturoso a triste passa, ▸

Ou seja, o leve (brando) vento do norte (Norte).

"Esfera", aqui, é o "céu".

Nauta: marinheiro, navegante.

Aqui "Sul" se refere ao "vento que vem do sul".

Mastaréu é um mastro pequeno, que é tipo um substituto do mastro maior numa embarcação.

Varão: homem.

Discurso: expressão, fala.

Prudência é a virtude que nos faz prever e evitar os perigos.

Consternado: aflito, triste.

Tardar: demorar, retardar.

Deve entregar o leme do **discurso**
       Nas mãos da sã **prudência**.

Todo o Céu se cobriu, os raios chovem;
E esta alma, em tanta pena **consternada**,
Nem sabe aonde possa achar conforto.
Ah! não, não **tardes**, vem, Marília amada,
Toma o leme da nau, mareia o pano,
       Vai-a salvar no porto.

Mas ouço já de Amor as sábias vozes:
Ele me diz que sofra, se não, morro;
E perco então, se morro, uns doces laços.
Não quero já, Marília, mais socorro;
Oh! ditoso sofrer, que lucrar pode
       A glória dos teus braços!

LIRA VI

De que te queixas,
Língua importuna?
De que a Fortuna
Roubar-te queira
O que te deu?
      Este foi sempre
      O gênio seu.

Levou, Marília,
A ímpia sorte
Catões à morte;
Nem sepultura
Lhes concedeu.
      Este foi sempre
      O gênio seu.

A outros muitos,
Que vis nasceram, ▶

> Dentre outras coisas, Marco Pórcio Catão (234-149 a.C.) foi um censor na Roma Antiga, ou seja, era encarregado de manter a moral pública, chamando a atenção de quem fazia qualquer coisa considerada errada. Assim, esse plural de Catão acaba sendo o mesmo que censores.

Nem mereceram,
A grandes tronos
A ímpia ergueu.
    Este foi sempre
    O gênio seu.

Espalha a **Cega**
Sobre os humanos
Os bens e os danos,
E a quem se devam
Nunca escolheu.
    Este foi sempre
    O gênio seu.

A quanto é justo
Jamais se dobra;
Nem igual obra
C'os mesmos Deuses
Do claro Céu.
    Este foi sempre
    O gênio seu.

Sobe ao Céu Vênus
Num carro **ufano**;
E cai Vulcano
Da pura esfera,
Em que nasceu.
    Este foi sempre
    O gênio seu.

Mas não me rouba,
Bem que se mude,
Honra, e virtude:
Que o mais é dela,
Mas isto é meu.
    Este foi sempre
    O gênio seu.

Cega é a deusa Fortuna.

Ufano: triunfante, esplendoroso.

LIRA VII

Meu prezado Glauceste,
Se fazes o conceito,
Que, bem que réu, abrigo
A cândida Virtude no meu peito;
Se julgas, digo, que mereço ainda
Da tua mão socorro;
Ah! vem dar-mo agora,
Agora sim que morro.

Não quero que, montado
No **Pégaso** fogoso,
Venhas com dura lança
Ao monstro infame **traspassar** raivoso.
Deixa que viva a **pérfida** calúnia,
E **forje** o meu tormento:
Com menos, meu Glauceste,
Com menos me contento.

Pégaso era um cavalo com asas da mitologia grega.

Traspassar: atravessar, cruzar.

Pérfido: traidor, desleal.

Forjar: moldar, fabricar.

> O "contorno", aqui, são as "áreas ao redor".

> "Cantor", aqui, se refere a Orfeu.

> Já "destro cantor" é Anfião.

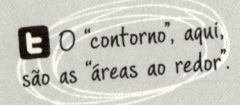

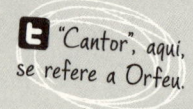

Prodígio: maravilha, milagre.

Lenitivo: alívio, conforto.

Toma a lira doirada,
E toca um pouco nela:
Levanta a voz celeste
Em parte que te escute a minha bela;
Enche todo o **contorno** de alegria;
Não sofras que o desgosto
Afogue em pranto amargo
O seu divino rosto.

Eu sei, eu sei, Glauceste,
Que um bom **Cantor** havia,
Que os brutos amansava;
Que os troncos, e os penedos atraía.
De outro **destro Cantor** também afirma
A sábia Antiguidade,
Que as muralhas erguera
De uma grande Cidade.

Orfeu as cordas fere;
O som delgado e terno
Ao Rei Plutão abranda,
E o deixa que penetre o fundo Averno.
Ah! tu a nenhum cedes, meu Glauceste,
Na lira e mais no canto:
Podes fazer **prodígios**,
Obrar ou mais, ou tanto.

Levanta pois as vozes:
Que mais, que mais esperas?
Consola um peito aflito;
Que é menos inda que domar as feras.
Com isto me darás no meu tormento
Um doce **lenitivo**;
Que enquanto a bela vive,
Também, Glauceste, vivo.

LIRA VIII

Eu vejo, ó minha bela, aquele **Númen**,
A quem o nome deram de Fortuna;
      Pega-me pelo braço,
      E com voz importuna
      Me diz que mova o passo;
Que entre no grande Templo, **em que se encerra**
      Quanto o destino manda
      Que ela obre sobre a terra.

Que coisas **portentosas** nele encontro!
Eu vejo a pobre fundação de Roma;
      Vejo-a queimar Cartago;
      Vejo que as gentes doma;
      E vejo o seu estrago.
Lá floresce o poder do **Assírio Povo**;
      Aqui os **Medos** crescem,
      E os perde um braço novo.

Númen: divindade, deidade.

Ou seja, onde se encontra, onde fica.

Portentoso: maravilhoso, extraordinário.

Os assírios eram um povo que habitava, na Antiguidade, uma parte do atual Irã. Eles eram poderosos, bons de batalha e gostavam de entrar em brigas. Viviam conquistando novos territórios e invadindo os vizinhos. Mas um dia deu ruim para eles: dois povos — caldeus e medos — se juntaram para enfrentar essa turma e saíram vencedores.

Naquela época, o peso do ouro era medido, do menor para o maior, em grão, vintém de ouro, quilate, escrúpulo, oitava, onça, marco, arrátel ou libra, arroba, quintalejo, quintal e tonelada, com a libra pesando 458,9952 gramas.

Severo: sério, circunspecto.

Afeito: habituado, acostumado.

Mofa: gozação, zombaria.

"Pequeno", aqui, é "pobre", "sem importância".

Então me diz a Deusa: *E que pertendes?*
Todas estas medalhas ver agora?
Ah! não, não sejas louco!
Espaço de anos fora
Para isso ainda pouco;
Deixa estranhos sucessos, vem comigo;
Verás quanto inda deve
Acontecer contigo.

Levou-me aonde estava a minha história,
Que toda me explicou com modo e arte.
Tirei-te **libras de ouro**,
Me diz, *e quero dar-te*
Todo aquele tesouro.
Não suspira por bens um peito nobre,
Severo lhe respondo,
Vivo **afeito** *a ser pobre.*

Aqui me enruga a Deusa irada a testa,
E fica sem falar um breve espaço.
Alegra, alegra o rosto,
Prossegue, ali te faço
Restituir o posto.
Respondo em ar de **mofa** e tom sereno:
Conheço-te, Fortuna,
Posso morrer **pequeno**.

Aqui te dou, me diz, *a tua amada*.
Então me banho todo de alegria.
    Cuidei, me torna a **cega**,
    Que essa alma não queria
    Nem esta mesma entrega.
É esse o bem, respondo, *que me move*,
    Mas este bem é santo,
    Vem só da mão de Jove.

Queria mais falar; eu, **insofrido**,
Desta maneira rompo os seus acentos:
    Basta, Fortuna, basta,
    Estes breves momentos
    Lá noutras cousas gasta;
Da minha sorte nada mais contemplo.
    E, chamando Marília,
    Suspiro, e deixo o Templo.

Aqui, a conversa é com a deusa Fortuna, da mitologia romana, que, para distribuir o destino às pessoas, é descrita usando venda nos olhos ou cega.

Insofrido: impaciente, inquieto.

LIRA IX

"Os mais" aqui são "os outros".

"Sem compostura" é o mesmo que "sem estar todo arrumado".

Quando o planeta Vênus dá as caras de manhã é chamado de Estrela D'Alva. Já no fim da tarde, o nome passa a ser Vésper.

A estas horas
Eu procurava
Os meus Amores;
Tinham-me inveja
Os mais Pastores.

A porta abria,
Inda esfregando
Os olhos belos,
Sem flor, nem fita
Nos seus cabelos:

Ah! que assim mesmo
Sem compostura,
É mais formosa,
Que a **estrela d'alva**,
Que a fresca rosa!

Mal eu a via,
Um ar mais leve,
(Que doce efeito!)
Já respirava
Meu terno peito.

Do **cerco** apenas
Soltava o gado,
Eu lhe **amimava**
Aquela ovelha
Que mais amava.

Dava-lhe sempre
No rio e fonte,
No prado e selva,
Água mais clara,
Mais branda relva.

No colo a punha;
Então, brincando,
A mim a unia;
Mil coisas ternas
Aqui dizia.

Marília vendo
Que eu só com ela
É que falava,
Ria-se **a furto**
E disfarçava.

Desta maneira
Nos **castos peitos**,
De dia em dia
A nossa chama
Mais se acendia.

Ah! quantas vezes,
No chão sentado,
Eu lhes lavrava
As finas rocas,
Em que fiava!

Cerco: cercado, curral.

Amimar: acarinhar, mimar.

"A furto" significa "de maneira escondida", "disfarçadamente".

Traduzindo: corações (peitos) inocentes (castos).

Da mesma sorte
Que à sua amada,
Que está no ninho,
Fronteiro canta
O passarinho.

Na quente sesta,
Dela defronte,
Eu me entretinha
Movendo o ferro
Da sanfoninha.

Ela, por dar-me
De ouvir o gosto,
Mais se chegava;
Então, vaidoso,
Assim cantava:

Não há Pastora,
Que chegar possa
À minha bela,
Nem quem me iguale
Também na estrela.

Se amor concede
Que eu me recline
No branco peito,
Eu não invejo
De Jove o leito:

Ornam seu peito
As sãs virtudes,
Que nos namoram;
No seu semblante
As Graças moram.

Assim vivia;
Hoje em suspiros
O canto mudo:
Assim, Marília,
Se acaba tudo!

LIRA X

> 🐦 Arder o velho barril é uma referência à tradição de fazer fogueira na festa de São João.

Arde o velho barril, arde a cabeça,
Em honra de **João** na larga rua;
O crédulo Mortal agora indaga
        Qual seja a sorte sua.

Eu não tenho **alcachofra**, que à luz chegue,
E nela orvalhe o Céu de madrugada,
Para ver se rebentam novas folhas
        Aonde foi queimada.

Também não tenho um **ovo** que despeje
Dentro dum copo d'água e possa nela
Fingir Palácios grandes, altas Torres,
        E uma Nau à vela.

Mas, ah! em bem me lembre: eu tenho ouvido
Que na boca um **bochecho** d'água tome,
E atrás de qualquer porta atento esteja,
        Até ouvir um nome.

São João Batista andava pela Judeia falando que o Messias estava chegando e o povo tinha de se converter. Mas o rei Herodes Antipas não gostou e o prendeu. Herodíade, amante de Antipas, tinha uma birra antiga com João e se aproveitou da situação. No aniversário de Antipas, a filha dela, Salomé, dançou para o rei, que adorou e disse que ela poderia pedir-lhe qualquer coisa. Aí, Herodíade falou pra filha pedir a cabeça de João em uma bandeja. E Antipas realizou o desejo.

Numa tradição portuguesa, à meia-noite do Dia de São João, quando o fogo já está mais fraco, a alcachofra é passada nas chamas. Depois, é plantada em vasos enquanto se pensa na pessoa amada. De manhã vem o resultado: se a planta der folha nova, o par ficaria junto por muito tempo. Mas, se estiver na mesma ou pior, aquele amor não daria em nada.

Outra simpatia do Dia de São João é jogar uma clara de ovo em meio copo d'água e deixar no sereno. No dia seguinte, a partir do desenho que a clara formar, interpreta-se o futuro.

Também dizem que, no Dia de São João, à meia-noite, se uma moça bochechar água perto da janela ou atrás da porta, o primeiro nome de homem que ouvir será o do futuro marido.

Que o nome, que primeiro ouvir, é esse
O nome, que há de ter a minha amada;
Pode verdade ser; se for mentira,
    Também não custa nada.

Vou tudo executar, e de repente
Ouvi dizer o nome de Filena:
Despejo logo a boca: ah! não sei como
    Não morro ali de pena!

Aparece Cupido: então soltando
Em ar de zombaria uma risada,
E que tal, me pergunta, esteve a **peça**?
    Não foi bem pregada?

Eu já te disse que Marília é tua:
Tu fazes do meu dito tanta conta,
Que vais acreditar o que te ensina
    Velha mulher já tonta?

Humilde lhe respondo: *Quem debaixo*
Do açoite da Fortuna aflito geme,
Nas mesmas coisas, que só são brinquedos,
    *Se **agoiram** males, teme.*

> "Despejar logo a boca" quer dizer "cuspir".

> Pregar peça quer dizer fazer uma pegadinha.

> "Agoirar" é o mesmo que "agourar", ou seja, prever coisas ruins.

LIRA XI

Precito: condenado, amaldiçoado.

Fúrias pros romanos e Erínias pros gregos eram três criaturas do inferno que puniam os mortais. Tisífone executava os castigos; Megera era a dona do rancor; e Alecto espalhava maldições e pestes.

Se acaso não estou no fundo Averno,
Padece, ó minha bela, sim, padece
      O peito amante e terno
As aflições tiranas, que aos **Precitos**
Arbitra Radamanto em justa pena
      Dos bárbaros delitos.

As **Fúrias** infernais, rangendo os dentes,
Com a mão **escarnada** não me aplicam
      As raivosas **serpentes**;
Mas cercam-me outros monstros mais irados:
Mordem-se sem cessar as bravas serpes
      De mil e mil cuidados.

Eu não gasto, Marília, a vida toda
Em lançar o penedo da montanha
      Ou em mover a **roda**;
Mas tenho ainda mais cruel tormento:

Escarnado: descarnado, esquelético.

As Fúrias tinham serpentes nas mãos e no corpo.

Íxion, rei dos Lápitas, pediu a mão da filha de Dioneu em troca de uns cavalos. O casório aconteceu, mas ele não cumpriu o trato. O sogro, cansado de esperar, tomou os bichos na marra. Como vingança, Íxion matou Dioneu, só que logo se arrependeu e ficou louco. Com pena, Zeus devolveu a sanidade a ele e o convidou para um banquete. Mas Íxion bebeu muito e deu em cima da esposa de Zeus. O resultado: foi enviado para o inferno, onde ficou preso a uma roda em chamas eternamente.

Por coisas que me afligem, roda e gira
        Cansado pensamento.

Com retorcidas unhas agarrado
Às tépidas entranhas, não me come
        Um abutre esfaimado;
Mas sinto de outro monstro a crueldade:
Devora o coração, que mal palpita,
        O abutre da saudade.

Não vejo os pomos, nem as águas vejo,
Que de mim se retiram quando busco
        Fartar o meu desejo;
Mas quer, Marília, o meu destino ingrato
Que **lograr**-te não possa, estando vendo
        Nesta alma o teu retrato.

Estou no Inferno, estou, Marília bela;
E numa cousa só é mais humana
        A minha dura estrela:
Uns não podem mover do Inferno os passos;
Eu pretendo voar, e voar cedo
        À glória dos teus braços.

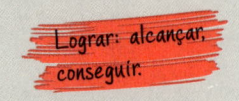

Lograr: alcançar, conseguir.

LIRA XII

Ah! Marília, que tormento
Não tens de sentir, saudosa!
Não podem ver os teus olhos
A campina deleitosa,
Nem a tua mesma Aldeia,
Que **tiranos** não proponham
À inda inquieta ideia
Uma imagem de aflição.
   Mandarás aos surdos Deuses
   Novos suspiros em vão.

Quando levares, Marília,
Teu ledo rebanho ao prado,
Tu dirás: Aqui trazia
Dirceu também o seu gado.
Verás os sítios ditosos
Onde, Marília, te dava
Doces beijos amorosos ▶

> Tiranos aqui tem relação com os olhos.

Nos dedos da branca mão.
      Mandarás aos surdos Deuses
      Novos suspiros em vão.

Quando à janela saíres,
Sem quereres, descuidada,
Tu verás, Marília, **a minha**
E minha pobre morada.
Tu dirás então contigo:
Ali Dirceu esperava
Para me levar consigo;
E ali sofreu a prisão.
      Mandarás aos surdos Deuses
      Novos suspiros em vão.

Quando vires igualmente
Do **caro** Glauceste a **choça**,
Onde alegre se juntavam
Os poucos **da escolha nossa**,
Pondo os olhos na varanda
Tu dirás, de mágoa cheia:
Todo o **congresso ali anda**,
Só o meu Amado não.
      Mandarás aos surdos Deuses
      Novos suspiros em vão.

Aqui houve uma supressão. O autor quis dizer "a minha janela".

Caro: estimado, querido.

Choça: casebre, tapera.

Aqui, "da escolha nossa" quer dizer "amigos nossos".

Ou seja, o encontro (congresso) ali está (ali anda).

Quando passar pela rua
O meu companheiro honrado,
Sem que me vejas com ele
Caminhar **emparelhado**,
Tu dirás: Não foi tirana
Somente comigo a sorte;
Também cortou desumana
A mais fiel união.
      Mandarás aos surdos Deuses
      Novos suspiros em vão.

Numa masmorra metido,
Eu não vejo imagens destas,
Imagens, que são por certo
A quem adora **funestas**.
Mas se existem separadas
Dos inchados, roxos olhos,
Estão, que é mais, retratadas
No fundo do coração.
      Também mando aos surdos Deuses
      Tristes suspiros em vão.

> Emparelhado significa lado a lado.

> Funesto: sinistro, cruel.

LIRA XIII

Enramado: enfeitado, adornado.

Concorrer: convergir, cooperar.

🅣 Muitos povos antigos costumavam sacrificar um bicho em uma espécie de fogueira (pira) sagrada (sacrossanta), pois achavam que os deuses gostavam de presentes assim.

🅣 O cachorro late, o gato mia, o cordeiro bale.

🅣 "Mãos", aqui, são "patas". E "especar" é "apoiar", "escorar".

🅣 Campo ameno é o paraíso.

🅣 Bruto é o ignorante, que não sabe de nada.

    Vês, Marília, um cordeiro
    De flores **enramado**,
    Como alegre caminha
    A ser sacrificado?
O Povo para o Templo já **concorre**;
A **Pira sacrossanta** já se acende;
O Ministro o fere: ele **bala** e morre.

    Vês agora o novilho,
    A quem segura o laço?
    No chão as **mãos especa**,
    Nem quer mover um passo.
Não conhece que sai de um mau terreno,
Que o forte pulso, que a seguir o arrasta,
O conduz a viver num **campo ameno**.

    Ignora o **bruto** como
    Lhe dispomos a sorte; ❯

Um vai forçado à vida,
    Vai outro alegre à morte:
Nós temos, minha bela, igual demência:
Não sabemos os fins, com que nos move
A sábia, oculta Mão da **Providência**.

> "Providência", aqui, se refere a "Deus".

        De **Jacó** ao bom **filho**
        Os maus matar quiseram:
        De conselho mudaram,
        Como escravo o venderam.
José não corre a ser um servo aflito:
Vai subindo os degraus, por onde chega
A ser um quase Rei no grande Egito.

        Quem sabe o Destino
        Hoje, ó bela, me prende,
        Só porque nisto de outros
        Mais danos me defende?
Pode ainda raiar um claro dia,
Mas quer raie, quer não, ao Céu adoro
E beijo a santa mão, que assim me guia.

> Jacó teve treze filhos: uma mulher, Diná, e doze homens, que cresceram e viraram os líderes do que depois ficou conhecido como as doze tribos fundadoras de Israel.
>
> José era o filho mais querido de Jacó, e seus irmãos, numa ciumeira total, se livraram dele, vendendo-o como escravo. José foi, assim, parar no Egito, onde passou sérios apertos. Mas foi se virando e acabou sendo um cara importante por lá, cheio de poder e dinheiro. Depois, convidou toda a família, até os irmãos traidores, para morar perto dele.

LIRA XIV

O alvo desta Lira teria sido o governador da capitania de Minas Gerais, Luís António Furtado de Castro do Rio de Mendonça e Faro, o Visconde de Barbacena. Ele até era amigo de Gonzaga, mas estava envolvido na prisão do poeta.

Legião era a maior unidade do Exército Romano. Cada uma podia chegar a ter 6 mil soldados, que, então, eram divididos em dez grupos menores, as coortes.

Este chefe é Júlio César.

Alma digna de mil Avós Augustos!
    Tu sentes, tu soluças,
    Ao ver cair os justos;
Honras as santas leis da Humanidade;
    E aos teus exemplos deve
Gravar com letras de oiro no seu Templo
    A cândida Amizade.

Não é, não é de Herói uma alma forte,
    Que vê com rosto enxuto
    No seu igual a morte.
Não é também de Herói um peito duro,
    Que a sua glória firma
Em que lhe não resiste ao ferro e fogo
    Nem **legião**, nem muro.

Oh! quanto ousado **Chefe** me namora,
    Quando vê a cabeça ❯

Do bom **Pompeu** e chora!
É grande para mim quem move os passos,
E de **Dario** aos filhos,
Que como escravos seus tratar pudera,
Recebe nos seus braços.

Se alcança **Eneias**, Capitão piedoso,
Entre os Heróis do Mundo
Um nome glorioso,
Não é porque levanta uma cidade;
É, sim, porque nos ombros
Salvou do incêndio ao Pai, a quem detinha
A mão da branca idade.

Ah! se ao meu contrário entre as chamas vira,
Eu mesmo, sim, da morte
Aos ombros o **remira**;
Inda por ele muito mais obrara;
E, se nada servisse,
Fizera então, Amigo, o que fizeste;
Gemera, e suspirara.

Oh! quanto são duráveis as cadeias
De uma amizade, quando
Se dão iguais ideias!
Se, apesar dos **estorvos**, se sustinha
Nossa união sincera,
Foi por ser a minha alma igual à tua,
E a tua igual à minha.

Se, ó caro Amigo, te merece tanto,
Lá lhe fica a sua alma,
Limpa-lhe o terno pranto.
De quem eu falo, és tu, Marília bela.
Ah! sim, honrado Amigo,
Se enxugar não puderes os seus olhos,
Pranteia então com ela.

Cneu Pompeu Magno (106-48 a.C.) foi um político que fez uma aliança com Crasso e Júlio César, inclusive casando-se com Júlia, filha de César. Mas a relação de genro e sogro foi azedando, até que os dois entraram em guerra. Pompeu se deu mal e fugiu para o Egito. Mas, chegando lá, foi assassinado.

Já Dario III (380-330 a.C.) era o cara do Império Persa e perdeu o posto para Alexandre, o Grande, rei da Macedônia, que capturou as filhas e a esposa do derrotado. Mas ele as tratou de boas, como se Dario ainda estivesse no poder, e até se casou com uma das filhas de seu inimigo.

Por fim, Eneias teve um papel importante na Guerra de Troia e, quando a cidade estava em chamas, salvou seu pai, carregando-o nas próprias costas. Depois, junto com outras pessoas, buscou um lugar para construir uma cidade nova, que viria a ser Roma.

Remir: resgatar, salvar.

Estorvo: dificuldade, obstáculo.

LIRA XV

> Aqui há uma inversão, e o autor quis dizer "cheia do que era necessário".

> Mor: maior, grande.

> Rio levantado é uma enchente.

> Aqui, "sementeira" significa "plantação".

Eu, Marília, não fui nenhum Vaqueiro,
Fui honrado Pastor da tua Aldeia;
Vestia finas lãs e tinha sempre
A minha choça **do preciso cheia**.
Tiraram-me o casal e o manso gado,
Nem tenho, a que me encoste, um só cajado.

Para ter que te dar, é que eu queria
De **mor** rebanho ainda ser o dono;
Prezava o teu semblante, os teus cabelos
Ainda muito mais que um grande Trono.
Agora que te oferte já não vejo,
Além de um puro amor, de um são desejo.

Se o **rio levantado** me causava,
Levando a **sementeira**, prejuízo,
Eu alegre ficava apenas via
Na tua breve boca um ar de riso. ❯

Tudo agora perdi; nem tenho o gosto
De ver-te ao menos compassivo o rosto.

Propunha-me dormir no teu regaço
As quentes horas da comprida sesta,
Escrever teus louvores nos olmeiros,
Toucar-te de papoilas na floresta.
Julgou o justo Céu que não convinha
Que a tanto grau subisse a glória minha.

Ah! minha bela, se a Fortuna volta,
Se o bem, que já perdi, alcanço e provo,
Por essas brancas mãos, por essas faces
Te juro renascer um homem novo;
Romper a nuvem, que os meus olhos cerra,
Amar no Céu a Jove, e a ti na terra!

Fiadas comprarei as ovelhinhas,
Que pagarei dos poucos do meu ganho;
E dentro em pouco tempo nos veremos
Senhores outra vez de um bom rebanho.
Para o contágio lhe não dar, sobeja
Que as afague Marília, ou só que as veja.

Se não tivermos lãs e peles finas,
Podem mui bem cobrir as carnes nossas
As peles dos cordeiros mal **curtidas**,
E os panos feitos com as lãs mais grossas.
Mas ao menos será o teu vestido
Por mãos de Amor, por minhas mãos **cosido**.

Nós iremos pescar na quente sesta
Com **canas** e com cestos os peixinhos;
Nós iremos caçar nas manhãs frias
Com a vara **envisgada** os passarinhos.
Para nos divertir faremos quanto
Reputa o varão sábio, honesto e santo.

Nas noites de **serão** nos sentaremos
C'os filhos, se os tivermos, à fogueira;

Toucar significa enfeitar, cobrir os cabelos.

Fiado é quando se paga depois.

Curtido é o couro do animal que, depois de ser retirado, passa por um processo para que não apodreça e dure mais tempo.

Coser: costurar.

Aqui, cana é uma vara de pescar.

"Envisgada" significa "cheia de visgo", uma seiva pegajosa usada como armadilha pra grudar o passarinho.

Serão é a reunião familiar nas primeiras horas da noite.

Entre as falsas histórias, que contares,
Lhes contarás a minha, verdadeira:
Pasmados te ouvirão; eu, entretanto,
Ainda o rosto banharei de pranto.

Quando passarmos juntos pela rua,
Nos mostrarão c'o dedo os mais Pastores,
Dizendo uns para os outros: Olha os nossos
Exemplos da desgraça, e são amores.
Contentes viveremos desta sorte,
Até que chegue a um dos dois a morte.

LIRA XVI

Vejo, Marília,
Que o nédio gado
Anda disperso
No monte e prado;
Que assim sucede
Ao desgraçado,
Que a perder chega
O seu Pastor.
Mas inda sofro
A viva dor.

Também conheço
Que os **Pegureiros**,
Que **apascentavam**
Os meus cordeiros,
Dão suspiros,
E verdadeiros,
Porque perderam ▶

Pegureiro: pastor, zagal.

Apascentar: pastorear, guiar.

> "Eu mais alcanço" quer dizer "eu também penso".

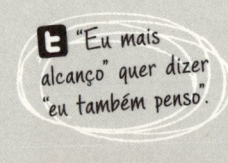

Charrua: arado.

Grade é um instrumento, normalmente acoplado a um trator, que é usado para preparar um terreno para plantação, deixando-o plano, sem pedaços grandes de terra.

Um pai no amor.
Mas inda sofro
A viva dor.

Eu mais alcanço
Que a minha herdade,
Estando eu preso,
Sofrer não há de
Nem a **charrua**
E nem a **grade**,
Que a mão lhe falta
Do Lavrador.
Mas inda sofro
A viva dor.

Mas quando sobe
À minha ideia,
Que tu ficaste
Lá nessa Aldeia,
De mil cuidados
E mágoa cheia,
Das paixões minhas
Não sou senhor.
Eu já não sofro
A viva dor.

A quanto chega
A pena forte!
Pesa-me a vida,
Desejo a morte,
A Jove acuso,
Maldigo a sorte,
Trato a Cupido
Por um traidor.
Eu já não sofro
A viva dor.

Mas este excesso
Perdão merece,
E dele Jove
Se compadece:
Que Jove, ó bela,
Mui bem conhece,
Aonde chega
Paixão de amor.
Eu já não sofro
A viva dor.

> Mui: muito.

LIRA XVII

Dirceu te deixa, ó bela,
De padecer cansado;
Frio suor já banha
Seu rosto descorado;
O sangue já não gira pela veia;
Seus pulsos já não batem,
E a clara luz dos olhos se baceia:
A lágrima sentida já lhe corre;
Já para a convulsão, suspira e morre.

Seu espírito chega
Onde se pune o erro:
Late o cão e se lhe abrem
Grossos portões de ferro.
Aos severos Juízes se apresenta,
E com sentidas vozes
Toda a sua tragédia representa:
Enche-se de ternura e novo espanto
O mesmo **inexorável** Radamanto.

Inexorável: rigoroso, inflexível.

Abre um, pasmado, a boca,
E a **pedra** não despede;
Outro já não se lembra
Da **fome**, e mais da sede;
Descansa o curvo bico, e a garra impia
Negro **abutre esfaimado**;
Nem na roca medonha a **Parca** fia.
Até as mesmas Fúrias inclementes
Deixam cair das unhas as serpentes.

Já votam os Juízes;
E o Rei Plutão lhe ordena
Deixe o sítio, em que ficam
Almas dignas de pena.
Já sai do **escuro Reino**, e da memória
Lhe passa tudo quanto
Ou pode dar-lhe mágoa, ou dar-lhe glória.
Só, bem que o gosto às turvas águas tome,
Inda, Marília, inda diz teu nome.

Entra já nos Elísios,
Campinas venturosas,
Que mansos rios cortam,
Que cobrem sempre as rosas.
Escuta o canto das sonoras aves,
E bebe as águas puras,
Que o mel e do que o leite mais suaves,
Aqui, diz ele, espero a minha bela;
Aqui contente viverei com ela.

Aqui... Porém aonde
Me leva a dor ativa?
É ilusão desta alma;
Jove inda quer que eu viva.
Eu devo, sim, gozar teus doces laços;
E em paga de meus males,
Devo morrer, Marília, nos teus braços;
Então eu passarei ao Reino amigo,
E tu irás depois lá ter comigo.

🅣 Essa pedra refere-se à história de Sísifo.

🅣 A fome aqui é uma referência a Tântalo.

🅣 O abustre esfaimado retoma a história de Tício.

🅣 As Parcas, pros romanos, ou as Moiras, pros gregos, teciam o destino das pessoas usando a Roda da Fortuna.

🅣 Escuro Reino é o mundo dos mortos, o submundo.

LIRA XVIII

Não molho, Marília,
De pranto a masmorra
Que o terno Cupido
Não voe e não corra
A i-**lo** apanhar.
Estende-o nas asas,
Sobre ele suspira,
Por fim se retira,
E vai-**to** levar.

Se o moço não mente,
Aos tristes gemidos,
Aos ais lastimosos
Não guardes unidos,
Marília, c'os teus;
As lágrimas nossas
No seio amontoa,
Forma asas e voa,
Vai pô-las nos Céus.

O pronome "lo" aqui remete a "pranto".

O pronome "to" (te+o) aqui continua a falar do "pranto".

A Deusa formosa,
Que **amava** aos Troianos,
Livrá-los querendo
De riscos e danos,
A Jove buscou.
As águas, que o rosto
Da Deusa banharam,
A Jove **abrandaram**,
E assim os salvou.

 Confia-te, ó bela,
Confia-te em Jove;
Ainda se abranda,
Ainda se move
Com ânsias de amor.
O pranto de Vênus,
Que obrou no pai tanto,
Não tem que o teu pranto
Apreço maior.

> Vênus é a deusa que amava os Troianos. Ela, que dava umas escapadelas de seu casamento com Vulcano, viveu um caso com Anquises e teve dois filhos. Um deles foi Eneias, um dos mais importantes guerreiros de Troia. Quando a cidade foi derrotada pelos gregos, foi ele quem liderou a fuga de uns poucos sobreviventes. E dizem que nesse acontecimento havia a mão salvadora de Vênus.

Abrandar: acalmar, aquietar.

LIRA XIX

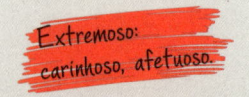

Nesta triste masmorra,
De um semivivo corpo sepultura,
Inda, Marília, adoro
A tua formosura.
Amor na minha ideia te retrata;
Busca **extremoso**, que eu assim resista
À dor imensa, que me cerca e mata.

Quando em meu mal **pondero**,
Então mais vivamente te diviso:
Vejo o teu rosto e escuto
A tua voz e riso.
Movo ligeiro para o vulto os passos;
Eu beijo a **tíbia** luz em vez de **face**,
E aperto sobre o peito em vão os braços.

Conheço a ilusão minha;
A violência da mágoa não suporto; ❯

Extremoso: carinhoso, afetuoso.

Ponderar: pensar, refletir.

Tíbio: fraco, tênue.

🇹 Aqui houve uma supressão: "[sua] face".

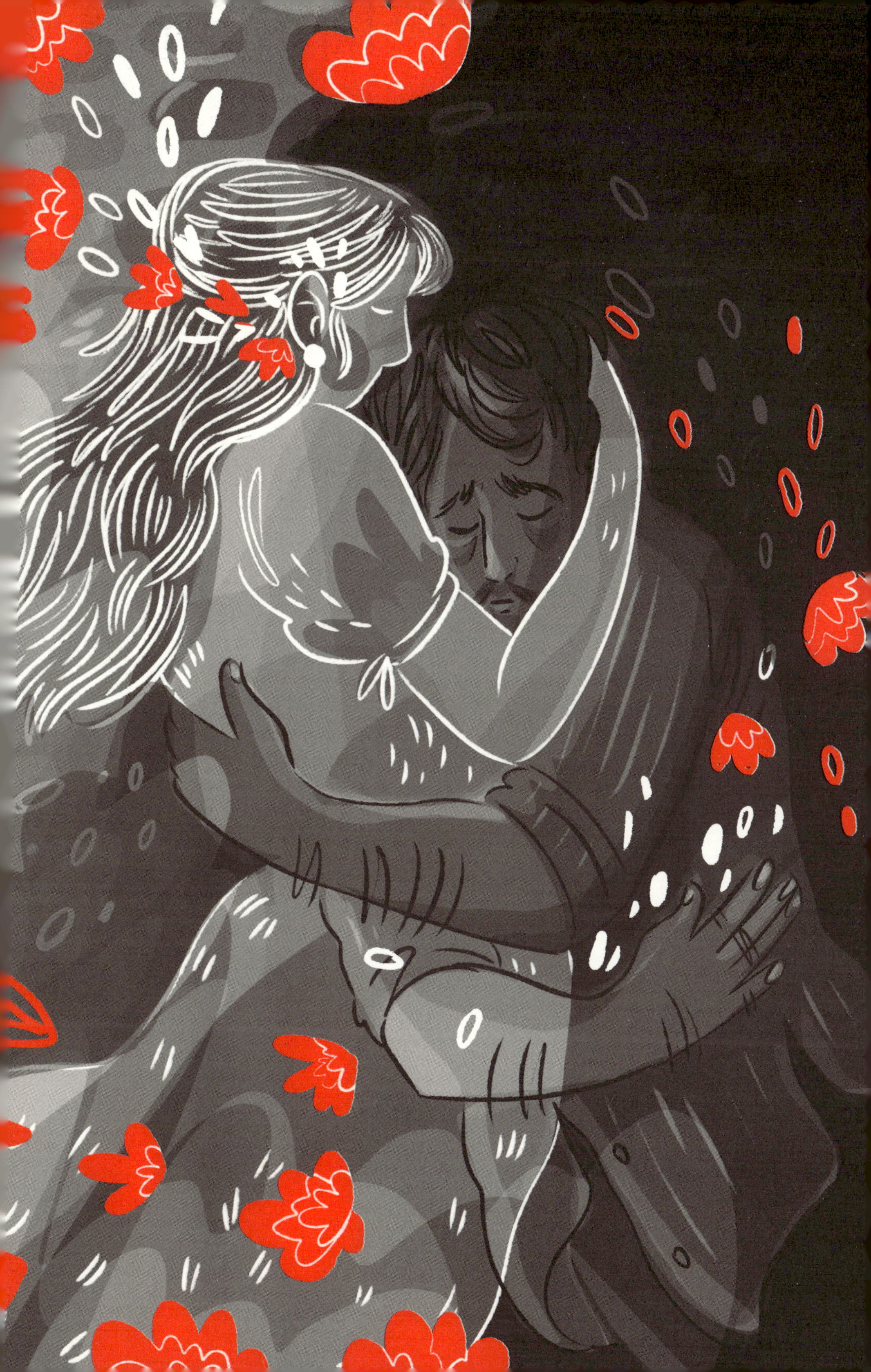

> Enternecer: apiedar, condoer.

        Foge-me a vista e caio,
        Não sei se vivo ou morto.
Enternece-se Amor de estrago tanto;
Reclina-me no peito, e com mão terna
Me limpa os olhos do salgado pranto.

        Depois que represento
Por largo espaço a imagem de um defunto,
        Movo os membros, suspiro,
        E onde estou pergunto.
Conheço então que amor me tem consigo;
Ergo a cabeça, que inda mal sustento,
E com doente voz assim lhe digo:

        Se queres ser piedoso,
Procura o sítio em que Marília mora,
        Pinta-lhe o meu estrago,
        E vê, Amor, se chora.
Se a lágrimas verter, a dor a arrasta,
Uma delas me traze sobre as penas,
E para alívio meu só isto basta.

LIRA XX

Se me visses com teus olhos
Nesta masmorra metido,
De mil ideias funestas
E cuidados combatido,
Qual seria, ó minha bela,
Qual seria o teu pesar?

À força da dor cedera,
E nem estaria vivo,
Se o menino Deus vendado,
Extremoso e compassivo,
Com o nome de Marília
Não me viesse animar.

Deixo a cama ao romper **d'alva**;
O meio-dia tem dado,
E o cabelo ainda flutua
Pelas costas desgrenhado. ❯

Aqui, refere-se à Estrela D'Alva.

> Aqui, "valor" significa "ânimo".

Não tenho **valor**, não tenho,
Nem para de mim cuidar.

Diz-me Cupido: *E Marília
Não estima este cabelo?
Se o deixas perder de todo,
Não se há de enfadar ao vê-lo?*
Suspiro, pego no pente,
Vou logo o cabelo atar.

Vem um tabuleiro entrando
De vários manjares cheio;
Põe-se na mesa a toalha,
E eu pensativo passeio;
De todo o comer esfria,
Sem nele poder tocar.

Eu entendo que a matar-te,
Diz Amor, *te tens proposto;
Fazes bem: terá Marília
Desgosto sobre desgosto.*
Qual enfermo c'o remédio,
Me aflijo, mas vou jantar.

Chegam as horas, Marília,
Em que o Sol já se tem posto;
Vem-me à memória que nelas
Vi à janela o teu rosto:
Reclino na mão a face
E entro de novo a chorar.

Diz-me Cupido: *Já basta,
Já basta, Dirceu, de pranto;*
Em obséquio *de Marília
Vai erguer teu doce canto.
Pendem as fontes dos olhos,*
Mas eu sempre vou cantar.

Vem o Forçado acender-me
A velha, suja candeia; ›

> Em obséquio: em benefício, em favor.

Fica, Marília, a masmorra
Inda mais triste, e mais feia.
Nem mais canto, nem mais posso
Uma só palavra dar.

Diz-me Cupido: *São horas*
De escrever-se o que está feito.
Do azeite e da fumaça
Uma nova **tinta** ajeito;
Tomo o pau, que pena finge,
Vou as Liras copiar.

Sem que chegue o leve sono,
Canta o **Galo** a vez terceira;
Eu digo ao Amor que fico
Sem deitar-me a noite inteira;
Faço mimos e promessas
Para ele me acompanhar.

Ele diz que em dormir cuide,
Que hei de ver Marília em sonho;
Não respondo uma palavra,
A dura cama **componho**,
Apago a triste candeia,
E vou-me logo deitar.

Como pode a tais cuidados
Resistir, ó minha Bela,
Quem não tem de Amor a graça?
Se eu, que vivo à sombra dela,
Inda vivo desta sorte,
Sempre triste a suspirar?

> Antigamente, para iluminar, acendia-se um pavio besuntado em cera, armado em um pedaço de cortiça ou madeira, que boiava num recipiente com óleo (azeite). Esse equipamento tinha vários nomes, dentre eles candeia. As cinzas dessa queima viajavam pela fumaça escura, e então Tomás as recolhia com um pauzinho para servir de tinta.

> O apóstolo Pedro teria negado três vezes que era próximo de Jesus; que o tinha avisado que isso ocorreria naquela noite, antes de o galo cantar. Mas a passagem foi deturpada com o tempo, e as três negações antes de o galo cantar viraram negações antes de o galo cantar três vezes.

> "Compor", neste caso, significa "arrumar".

LIRA XXI

Que diversas que são, Marília, as horas
Que passo na masmorra imunda e feia,
Dessas horas felizes, já passadas
      Na tua pátria Aldeia!

Então eu me ajuntava com Glauceste;
E à sombra de alto Cedro na Campina
Eu versos te compunha, e ele os compunha
      À sua cara Eulina.

Cada qual o seu canto aos Astros leva;
De exceder um ao outro qualquer trata;
O eco agora diz: *Marília terna*;
      E logo: *Eulina ingrata*.

Deixam os mesmos **Sátiros** as grutas:
Um para nós ligeiro move os passos,
Ouve-nos de mais perto, e faz a flauta
      C'os pés em mil pedaços.

Os sátiros gregos equivalem aos faunos romanos, com a metade inferior do corpo sendo de bode e a metade superior, de gente.

Dirceu (clama um Pastor), ah! bem merece
Da cândida Marília a formosura.
E aonde, clama o outro, quer Eulina
          Achar maior ventura?

Nenhum Pastor cuidava do rebanho,
Enquanto em nós durava esta **porfia**;
E ela, ó minha Amada, só findava
          Depois de acabar-se o dia.

À noite te escrevia na cabana
Os versos, que de tarde havia feito;
Mal tos dava, e os lia, os guardavas
          No casto e branco peito.

Beijando os dedos dessa mão formosa,
Banhados com as lágrimas do gosto,
Jurava não cantar mais outras graças
          Que as graças do teu rosto.

Ainda não quebrei o juramento;
Eu agora, Marília, não as canto;
Mas inda vale mais que os doces versos
          A voz do triste pranto.

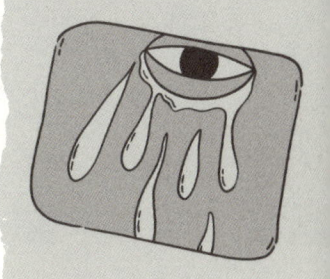

Porfia: disputa, competição.

LIRA XXII

Reputar: considerar, julgar.

Por morto, Marília,
Aqui me **reputo**:
Mil vezes escuto
O som do arrastado,
E duro grilhão.
Mas, ah! que não reme,
Não treme de susto
O meu coração!

A chave lá soa
No porta segura;
Abre-se a escura,
Infame masmorra
Da minha prisão.
Mas, ah! que não treme,
Não treme de susto
O meu coração!

Já **Torres** se assenta;
Carrega-me o rosto;
Do crime suposto
Com mil artifícios
Indaga a razão.
Mas, ah! que não treme,
Não treme de susto
O meu coração!

Eu vejo, Marília,
A mil inocentes,
Nas cruzes pendentes,
Por falsos delitos,
Que os homens lhes dão.
Mas, ah! que não treme,
Não treme de susto
O meu coração!

Se penso que posso
Perder o gozar-te,
E a glória de dar-te
Abraços honestos
E beijos na mão,
Marília, já treme,
Já treme de susto
O meu coração!

Repara, Marília,
O quanto é mais forte
Ainda que a morte,
Num peito esforçado,
De amor a paixão.
Marília, já treme,
Já treme de susto
O meu coração.

> José Pedro Machado Coelho Torres foi nomeado juiz da Devassa de 1789, em Minas Gerais, e era quem tocava os interrogatórios dos prisioneiros, incluindo os de Tomás Antônio Gonzaga.

LIRA XXIII

Não praguejes, Marília, não praguejes
A justiceira mão, que lança os ferros;
Não traz debalde a vingadora espada;
        Deve punir os erros.

Virtudes de Juiz, virtudes de homem
As mãos se deram e em seu peito moram.
Manda prender ao Réu, austera a boca,
        Porém seus olhos choram.

Se à inocência denigre a vil calúnia,
Que culpa aquele tem, que aplica a pena?
Não é o Julgador, é o processo,
        E a lei, quem nos condena.

Só no Averno os Juízes não recebem
Acusação, nem prova de outro humano;
Aqui todos confessam suas culpas,
        Não pode haver engano.

> "Aqui" se refere a Averno.

Eu vejo as Fúrias afligindo aos tristes:
Uma o fogo chega, outra as serpes move;
Todos maldizem sim a sua estrela,
        Nenhum acusa a Jove.

Eu também inda adoro ao grande **Chefe**,
Bem que a prisão me dá, que eu não mereço.
Qual eu sou, minha bela, não me trata,
        Trata-me qual pareço.

Quem suspira, Marília, quando pune
Ao vassalo, que julga delinquente,
Que gosto não terá, podendo dar-lhe
        As honras de inocente?

Tu vences, Barbacena, aos mesmos **Titos**
Nas sãs virtudes, que no peito abrigas:
Não honras tão somente a quem premeias,
        Honras a quem castigas.

> O chefe aqui é o Visconde de Barbacena.

> Tito (9-79 d.C.) foi um imperador romano que deu fim numa lei que punia quem fosse contrário às ideias dos governantes e também acabou com uma rede de dedos-duros que acusavam as pessoas de traição ao imperador.

LIRA XXIV

Eu vou, Marília, vou brigar co'as feras!
Uma soltaram, eu lhe sinto os passos;
    Aqui, aqui a espero
    Nestes despidos braços.
É um malhado tigre: a mim já corre,
Ao peito o aperto, estalam-lhe as costelas,
Desfalece, cai, **urra**, treme e morre.

Vem agora um Leão: sacode a grenha,
Com faminta paixão a mim se lança;
    Venha embora, que o pulso
    Ainda não se cansa.
Oprimo-lhe a garganta, a língua estira,
O corpo lhe fraqueia, os olhos incham,
Açoita o chão convulso, arqueja e **expira**.

Mas que vejo, Marília? Tu te assustas?
Entendes que os destinos, inumanos, ▶

> O cachorro late, o gato mia, o tigre urra.

> Expirar: morrer, sucumbir.

Expõem a minha vida
No cerco dos Romanos?
Com ursos e com onças eu não luto:
Luto c'o bravo monstro, que me acusa,
Que os tigres e leões mais fero e bruto.

Embora contra mim, raivoso, esgrima
Da vil calúnia a cortadora espada,
Uma alma, qual eu tenho,
Não se receia a nada.
Eu **hei** de, sim, punir-lhe a insolência,
Pisar-lhe o negro colo, abrir-lhe o peito
Co'as armas invencíveis da inocência.

Ah! quando imaginar que vingativo
Mando que desça ao Tártaro profundo,
Hei de com mão honrada
Erguer-lhe o corpo imundo.
Eu então lhe direi: Infame, **indino**,
Obras como costuma o vil humano;
Faço o que faz um coração divino.

"Hei" é a conjugação da primeira pessoa do verbo haver. E, aqui, "haver" tem sentido de ter sucesso em alguma empreitada.

Indino: indigno, infame.

LIRA XXV

Minha Marília,
O passarinho,
A quem roubaram
Ovos e ninho,
Mil vezes pousa
No seu raminho;
Piando finge
Que anda a chorar.
      Mas logo voa
Pela **espessura**,
Nem mais procura
Este lugar.

Se acaso a vaca
Perde a **vitela**,
Também nos mostra
Que se desvela;
O pasto deixa, ›

Espessura: bosque, floresta.

Vitela é o filhote fêmea da vaca, com menos de um ano.

Muge por ela,
Até na estrada
A vem buscar.
      Em poucos dias,
Ao que parece,
Dela se esquece,
E vai pastar.

O voraz Tempo,
Que o ferro come,
Que aos mesmos Reinos
Devora o nome,
Também, Marília,
Também consome
Dentro do peito
Qualquer **pesar**.
      Ah! só não pode
Ao meu tormento
Por um momento
Alívio dar!

Também, ó bela,
Não há quem viva
Instantes breves
Na chama ativa;
Derrete ao bronze,
Sendo excessiva,
Ao mesmo **seixo**
Faz estalar.
      Mas do **amianto**
A **febra** dura
Na chama atura
Sem se queimar.

Também, Marília,
Não há quem negue
Que, bem que o fogo
Nos óleos pegue,
Que, bem que em línguas,
Às nuvens chegue, ▶

> O cachorro late, o gato mia, a vaca muge.

> Pesar: tristeza, abatimento.

> Seixo é uma pedra pequena e arredondada.

> Amianto é um mineral composto de fibras brancas, longas e flexíveis, muito resistente ao fogo. Hoje se sabe que é cancerígeno e por isso tem exploração e comercialização proibidas no Brasil desde 2017.

> Febra: fibra, filamento.

À força d'água
Se há de apagar.
      Se a negra pedra
Nós acendemos,
Com água a vemos
Mais s'inflamar.

O meu discurso,
Marília, é reto;
A pena iguala
Ao meu afeto;
O amor, que nutro
Ao teu aspecto
E ao teu semblante
É singular.
      Ah! nem o tempo,
Nem inda a morte
A dor tão forte
Pode acabar!

LIRA XXVI

Aquele, a quem fez cego a Natureza,
C'o bordão palpa e aos que vêm pergunta;
Ainda se **despenha** muitas vezes,
        E dois remédios junta!

De ser cega a Fortuna eu não me queixo;
Sim me queixo de que má cega seja:
Cega que nem pergunta nem apalpa,
        É porque errar deseja.

A quem não tem virtudes, nem talentos,
Ela, Marília, faz de um Cetro dono;
Cria num pobre berço uma alma digna
        De se sentar num Trono.

A quem gastar não sabe, nem se anima,
Entrega as grossas chaves de um tesouro;
E lança na miséria a quem conhece
        Para que serve o ouro.

Despenhar: cair, tombar.

A quem fere, a quem rouba, a infame deixa
Que atrás do vício em liberdade corra;
Eu amo as leis do Império, ela me oprime
      Nesta vil masmorra.

Mas ah! minha Marília, que esta queixa
Co'a sólida razão se não **coaduna**!
Como me queixo da Fortuna tanto,
      Se sei não há Fortuna?

Os Fados, os Destinos, essa Deusa,
Que os Sábios fingem que uma **roda** move,
É só a oculta mão da Providência,
      A sábia mão de Jove.

Não é que somos cegos, que não vemos
A que fins nos conduz por estes modos;
Por torcidas estradas, ruins veredas
      Caminha ao bem de todos.

Alegre-se o perverso com as **ditas**,
C'o seu merecimento o virtuoso;
Parecer desgraçado, ó minha bela,
      É muito mais honroso.

Coadunar: combinar, conciliar.

A deusa Fortuna tem uma roda, que é um timão (volante de barco). Vem daí a tal Roda da Fortuna, que muda de posição ao sabor da vontade da deusa, fazendo o destino das pessoas ser bom ou ruim.

Dita: felicidade, sorte.

LIRA XXVII

A minha amada
É mais formosa
Que branco lírio,
Dobrada rosa,
Que o **cinamomo**,
Quando **matiza**
Co'a folha a flor.
Vênus não chega
Ao meu Amor.

Vasta campina,
De trigo cheia,
Quando na sesta
C'o vento ondeia,
Ao seu cabelo,
Quando flutua,
Não é igual.
Tem a cor negra,
Mas quanto **val**!

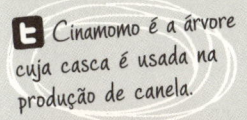

Cinamomo é a árvore cuja casca é usada na produção de canela.

Matizar: colorir, pintar.

Val: vale.

Os astros, que andam
Na esfera pura,
Quando cintilam
Na noite escura,
Não são, humanos,
Tão lindos como
Seus olhos são;
Que ao Sol excedem
Na luz, que dão.

Às brancas faces
Ah! não se atreve
Jasmim de Itália,
Nem inda a neve,
Quando a desata
O Sol brilhante
Com seu calor.
São neve, e causam
No peito ardor.

Na breve boca
Vejo enlaçadas
As finas **per'las**
Com as granadas;
A par dos beiços,
Rubins da Índia
Têm preço vil.
Neles se agarram
Amores mil.

Se não lhe desse,
Compadecido,
Tanto socorro
O Deus Cupido;
Se não vivera
Uma esperança
No peito seu,
Já morto estava
O bom Dirceu.

"Per'las" é o mesmo que "pérolas".

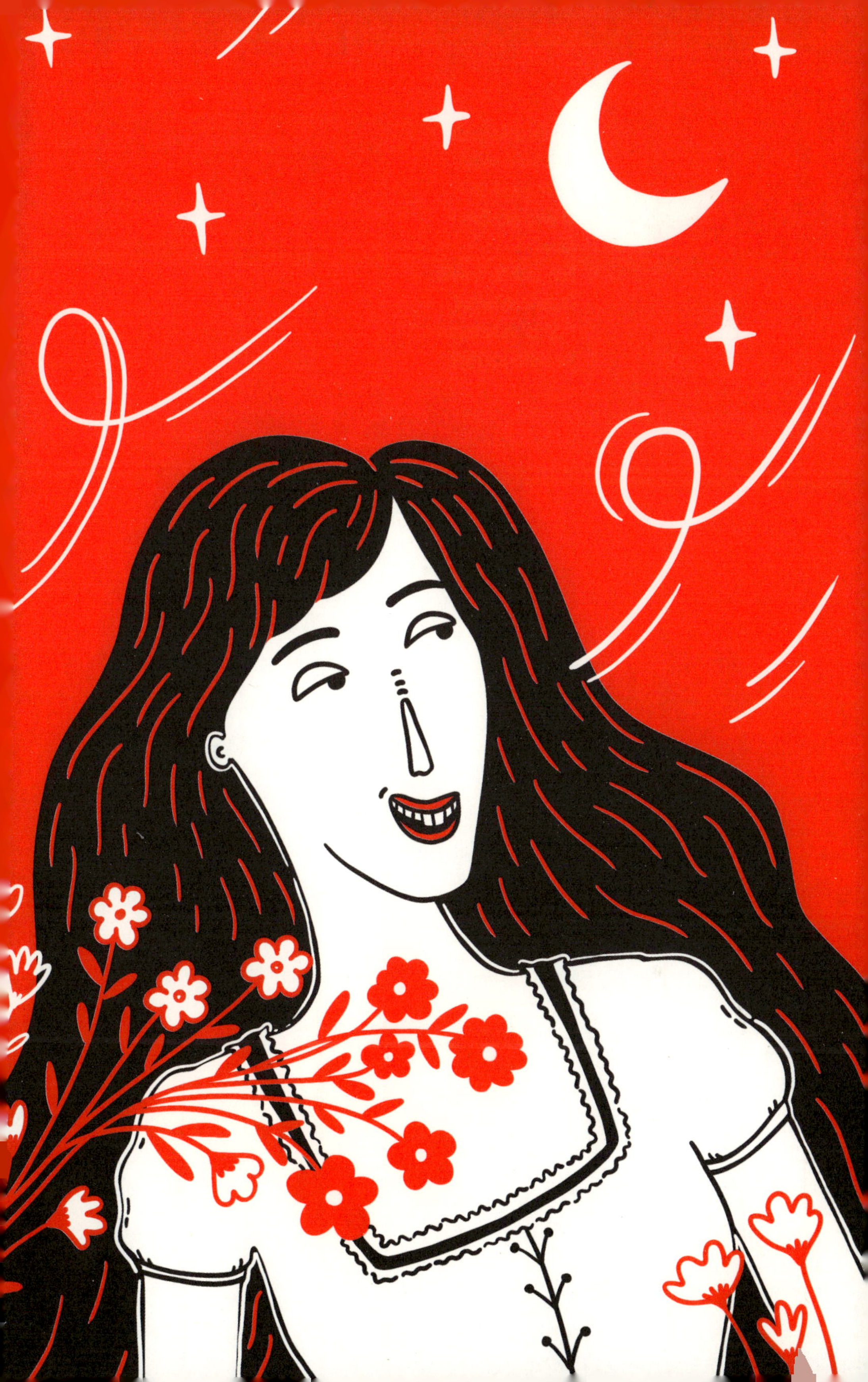

*Submergido:
submerso, imerso.*

Vê quanto pode
Teu belo rosto,
E de gozá-lo
O vivo gosto!
Que, **submergido**
Em um tormento
Quase infernal,
Porqu'inda espero,
Resisto ao mal.

LIRA XXVIII

Detém-te, vil humano,
Não espremas a **cicuta**
Para fazer-me dano.
O **sumo**, que elas dão, é pouco forte;
Procura outras bebidas,
Que apressem mais a morte.

Desce ao Reino profundo,
Ajunta aí venenos,
Que nunca visse o mundo:
Traze o negro licor, que têm nos dentes,
Nos dentes denegridos
As raivosas serpentes.

Cachopo levantado,
Que pôs a Natureza
Dentro no Mar salgado,
Não se abala no meio da tormenta; ▶

Cicuta é o nome dado a quatro plantas aparentadas e ao forte e poderoso veneno que esse quarteto produz. Pela história afora, a cicuta foi muito usada na ponta de flechas para fazer um estrago mortal em inimigos e para assassinar sem fazer muito barulho nem confusão.

Sumo: suco, seiva.

Cachopo é a pedra que fica escondida pela água do mar e que é um perigo pra quem navega.

> Aqui há uma elipse: "em [forma de] flor".

> Aferrar: agarrar, ancorar.

> Bramir: gritar, berrar.

> "Cobarde" é "covarde" em grafia antiga.

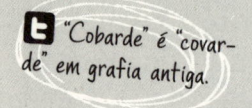

Bem que uma onda, e outra onda
Sobre ele **em flor** rebenta.

Árvore, que na terra
As robustas raízes,
Buscando o centro, **aferra**,
Não teme ao furacão mais violento;
E menos, se se deixa
Vergar do rijo vento.

Sou tronco, e rocha, ó bela,
Que açoita o Sul, que **brama**,
E o Mar, que se encapela.
Não temas que do rosto a cor se mude;
Vence as rochas e os troncos
A sólida Virtude.

A maior desventura
É sempre a que nos lança
No horror da sepultura;
O **cobarde** a morrer também caminha;
Com que males não pode
Uma alma como a minha?

LIRA XXIX

Eu descubro procurar-me
Gentil mancebo, e loiro;
Trazia a testa adornada
Com folhas de verde loiro.
Vejo ser o **Pai das Musas**,
E me entrega a lira d'oiro.

Já basta, me diz, ó filho,
Já basta de sentimento;
O cansado peito exige
Um breve contentamento:
Louva a formosa Marília
Ao som do meu instrumento.

Firo as cordas; mas que importa?
A dor não sossega em tanto.
Ergo a voz; então reparo
Que, quanto mais corre o pranto, ›

> Aqui a coisa complicou um pouco. É que o autor está falando de Apolo (o deus da beleza costuma ser caracterizado com cabelos loiros, adornados por uma coroa de louro), só que ele nunca foi pai das Musas. O que Apolo fazia era dirigir um coro de Musas — por causa disso, às vezes até o chamavam de Musagete ou Musageta.

É mais doce, e mais sonoro
Meu terno e saudoso canto.

Apolo fitou os olhos
Na mão que regia o braço;
E, depois de estar suspenso,
De me ouvir um **largo espaço**,
Assim diz: *O Deus Cupido,*
Faz inda mais, do que eu faço.

Eu te dou a minha lira:
Louva, louva a tua Bela;
Porém vê que ta concede
Com condição, e cautela...
Eu lhe corto a voz dizendo,
Que só canto em honra dela.

> "Largo espaço" quer dizer "por um bom tempo".

LIRA XXX

O Pai das Musas,
O Pastor loiro
Deu-me, Marília,
Para cantar-te
A lira de oiro.

As cordas firo;
O brando vento
Teus dotes leva
Nas brancas asas
Ao firmamento:

O teu cabelo
Vale um tesoiro;
Um só me adorna
A sábia **frente**
Melhor que o loiro.

Frente: rosto, face.

Nesses teus olhos
Amor assiste;
Deles faz guerra;
Ninguém lhe foge,
Ninguém resiste.

Algumas vezes
Eu o diviso
Também oculto
Nas lindas covas,
Que faz teu riso.

Nesses teus peitos
Têm os seus ninhos
Destros Amores;
neles se geram
Os Cupidinhos.

Vences a Vênus,
Quando com arte
As armas toma,
Por que mais prenda
Ao fero Marte.

Eu produzia
Estas ideias,
Quando, Marília,
O som escuto
De vis cadeias.

Dou um suspiro,
Corre o meu pranto;
E, inda bebendo
Lágrimas tristes,
De novo canto:

Sou da constância
Um vivo exemplo;
E vós, ó ferros,
Honrareis inda
De Amor o Templo.

> "Por que", aqui, significa "para que".

> O autor, que foi ajudado pelo Cupido, promete que levará ao templo do Amor um presente em agradecimento.

LIRA XXXI

Roubou-me, ó minha Amada, a sorte impia
        Quanto de meu gozava
        Num só funesto dia:

Honras de maioral, **manada** grossa,
        Fértil, extensa herdade,
        Bem reparada choça.

Meteu-me nesta infame sepultura,
        Que é sepulcro sem honras,
        Breve masmorra, escura.

Aqui, ó minha Amada, nem consigo
        Venha outro desgraçado
        Sentir também comigo:

Mas esta companhia não mereço,
        Os Deuses me dão outra,
        Inda de mais apreço.

Manada: rebanho, mancheia.

> O potro era um instrumento de tortura, usado para conseguir confissões e informações em interrogatórios.

> No tempo dos romanos, colocavam-se as pessoas dependuradas (pendendo) em uma cruz, tanto como forma de tortura quanto para dar fim aos condenados à pena de morte.

Letra: carta, missiva.

Não é, não, ilusão o que te digo:
    Tu mesma me acompanhas;
    Peno, mas é contigo.

Não vejo as tuas faces graciosas,
    Os teus soltos cabelos,
    As tuas mãos mimosas.

Se eu as visse, infeliz me não dissera,
    Bem que subira ao **Potro**,
    Bem que na **Cruz pendera**.

Não ouço as tuas vozes magoadas,
    Com ardentes suspiros
    Às vezes mal formadas.

Mas vejo, ó cara, as tuas **letras** belas;
    Uma por uma beijo,
    E choro então sobre elas.

Tu me dizes que siga o meu destino;
    Que o teu amor na ausência,
    Será leal, e fino.

De novo a carta ao coração aperto,
        De novo a molha o pranto,
        Que de ternura verto.

Ah! leve muito embora o duro Fado
        A tudo quanto tenho
        Com meu suor ganhado.

Eu juro que do roubo nem me queixe,
        Contanto, ó minha cara,
        Que este só bem me deixe.

Que males voluntários não subiram
        Os que te amam, somente
        Porque menos te ouviram?

Dê pois aos mais seus bens a Deusa cega;
        Que eu tenho aquela glória,
        Que a mil felizes nega.

LIRA XXXII

Intentar: tentar.

Tormenta: tempestade, temporal.

"Beleza" quer dizer, aqui, "amor".

Se o vasto mar se encapela,
E na rocha em flor rebenta,
Grossa nau, que não tem leme,
Em vão sustentar-se **intenta**;
Até que naufraga e corre
À discrição da **tormenta**.

Quem não tem uma **Beleza**
Em que ponha o seu cuidado,
Se o Céu se cobre de nuvens,
E se assopra o vento irado,
Não tem forças que resistam
Ao impulso do seu fado.

Nesta sombria masmorra,
Aonde, Marília, vivo,
Encosto na mão o rosto,
Fico às vezes pensativo.

Ah! que imagens tão funestas
Me finge o pesar ativo!

Parece que vejo a honra,
Marília, toda enlutada;
A face de um pai rugosa,
Num mar de pranto banhada;
Os amigos **macilentos**,
E a família consternada.

Quero voltar aos meus olhos
Para outro diverso lado:
Vejo numa grande praça
Um teatro levantado;
Vejo as Cruzes, vejo os Potros,
Vejo o **Alfanje** afiado.

Um frio suor me cobre,
Lassam-se os membros, suspiro;
Busco alívio às minhas ânsias,
Não o descubro, deliro.
Já, meu Bem, já me parece
Que nas mãos da morte expiro.

Vem-me então ao pensamento
A tua testa nevada,
Os teus meigos, vivos olhos,
A tua face rosada,
Os teus dentes cristalinos,
A tua boca engraçada.

Qual, Marília, a estrela d'alva
Que a negra noite afugenta;
Qual o Sol, que a névoa espalha,
Apenas a terra **aquenta**;
Ou qual **Íris**, que o Céu limpa,
Quando se vê na tormenta,

Assim, Marília, **desterro**
Triste ilusão e demência;

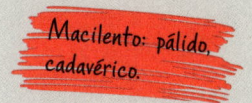

Macilento: pálido, cadavérico.

Alfanje

Lassar: relaxar, soltar.

Aquentar: esquentar, aquecer.

Íris é uma deusa da mitologia grega cuja missão é ligar o céu à terra, os deuses aos mortais. Seu nome tem relação com o arco-íris.

Desterrar significa exilar, expulsar, mandar embora do seu lugar de origem.

Faz de novo o seu ofício
A razão e a prudência;
E firmo esperanças doces
Sobre a cândida inocência.

Restauro as forças perdidas,
Sobe a viva cor ao rosto,
Gira o sangue pela veia,
E bate o pulso composto.
Vê, Marília, o quanto pode
Contra meus males teu rosto!

LIRA XXXIII

Morri, ó minha bela;
Não foi a Parca ímpia,
Que na **tremenda roca**,
Sem ter descanso **fia**.
Não foi, digo, não foi a Morte feia
Quem o ferro moveu, e abriu no peito
A palpitante veia.

Eu, Marília, respiro;
Mas o mal, que suporto,
É tão tirano e forte,
Que já me dou por morto.
A insolente calúnia **depravada**
Ergueu-se contra mim, **vibrou** da língua
A venenosa espada.

Inda, ó bela, não vejo
Cadafalso enlutado, ›

> Traduzindo: a enorme (tremenda) Roda (roca) da Fortuna.

Fiar: tecer.

Depravado: pervertido, desvirtuado.

> "Vibrar", neste caso, quer dizer "desferir um golpe".

> Cadafalso é uma espécie de palco no qual as penas de morte eram executadas.

Verdugo: algoz, carrasco.

Na época do livro, era o tempo do Brasil Colônia, então quem mandava era o rei.

Fundar: firmar, apoiar.

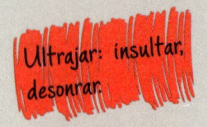

Sólio: trono.

Ultrajar: insultar, desonrar.

Abonar: apoiar, defender.

      Nem de torpe **verdugo**
      Braço de ferro armado.
Mas vivo neste mundo, ó sorte impia,
E dele só me mostra a estreita fresta
      O quando é noite ou dia.

      Olhos baços, sumidos,
      Macilento, escarnado,
      Barba crescida e hirsuta,
      Cabelo desgrenhado.
Ah! que imagem tão digna de piedade!
Mas é, minha Marília, como vive
      Um Réu de **Majestade**.

      Venha o processo, venha,
      Na inocência me **fundo**;
      Mas não morreram outros,
      Que davam honra ao mundo?
O tormento, minha alma, não recuses:
A quem, sábio, cumpriu as leis sagradas
      Servem de **sólio** as cruzes.

      Tu, Marília, se ouvires,
      Que ante o teu rosto aflito
      O meu nome se **ultraja**
      C'o suposto delito,
Dize severa assim em meu **abono**:
Não toma as armas contra um cetro justo
      Alma digna de um trono.

LIRA XXXIV

Vou-me, ó bela, deitar na dura cama,
De que nem sequer sou o pobre dono;
Estende sobre mim **Morfeu** as asas,
        E vem ligeiro o sono.

Os sonhos, que rodeiam a **tarimba**,
Mil cousas vão pintar na minha ideia;
Não pintam cadafalsos, não, não pintam
        Nenhuma imagem feia.

Pintam que estou bordando um teu vestido;
Que um menino com asas, cego e loiro,
Me enfia nas agulhas o delgado,
        O brando fio de oiro.

Pintam que entrando vou na grande Igreja;
Pintam que as mãos nos damos, e aqui vejo
Subir-te à branca face a cor mimosa,
        A viva cor do pejo.

> Morfeu é o deus do sono.

> Tarimba é uma cama bem dura e desconfortável, praticamente só um estrado.

> No século XVII, os alemães inventaram um novo modelo de carruagem, feito para dois passageiros e batizado de chaise. A palavra francesa quer dizer "cadeira" e foi aportuguesada, virando sege.

> A terra aqui é Vila Rica.

> O autor nasceu em Portugal, mas seu pai vivia sendo transferido. Quando tinha por volta de oito anos, sua família foi parar na Bahia.

> Escaler é um tipo de bote que leva e traz pessoas e coisas do porto para o navio.

> Prancha é a tábua pela qual se desce da embarcação.

> É "ofereço", mas o "e" foi suprimido para dar o número certo de sílabas poéticas.

> Era costume gritar "alerta" para avisar que é um "amigo" chegando, e o outro responder do mesmo jeito, para indicar que está tudo bem.

==Bulha: barulho, tumulto.==

==Sorte: destino, futuro.==

Pintam que nos conduz doirada **sege**
À nossa habitação; que mil Amores
Desfolham sobre o leito as moles folhas
      Das mais cheirosas flores.

Pintam que desta **terra** nos partimos;
Que os amigos, saudosos e suspensos,
Apertam nos inchados, roxos olhos
      Os já molhados lenços.

Pintam que os mares sulco da **Bahia**,
Onde passei a flor da minha idade.
Que descubro as palmeiras, e em dois bairros
      Partida a grã Cidade.

Pintam leve **escaler**, e que na **prancha**
O braço já te **of'reço** reverente;
Que te aponta c'o dedo, mal te avista,
      Amontoada gente.

Aqui, *alerta,* **grita** o mau soldado;
E o outro, *alerta estou,* lhe diz gritando.
Acordo com a **bulha**, então conheço,
      Que estava aqui sonhando.

Se o meu crime não fosse só de amores,
A ver-me delinquente, réu de morte,
Não sonhara, Marília, só contigo,
      Sonhara de outra **sorte**.

LIRA XXXV

Se lá te chegarem
Aos ternos ouvidos
Uns tristes gemidos,
Repara, Marília,
Verás, que são meus.
      Ah! dá-lhes abrigo,
Marília, nos peitos;
Aqui os conserva
Em laços estreitos,
Unidos aos teus.

O vento ligeiro,
De ouvi-los **movido**,
Os pede a Cupido,
Que a todos apanha,
E lá tos vai pôr.
      Ah! não os desprezes;
Porque se conspira ▶

> Movido: abalado, comovido.

O Céu em meu dano,
E a glória me tira
De honrado Pastor.

Têm esses suspiros
Motivo dobrado:
Perdi o meu gado;
Perdi, que mais vale,
O bem de te ver.
              Se os não receberes,
Amante por ora,
Por serem de um triste,
Os deves, Pastora,
Por honra acolher.

Virá, minha bela,
Virá uma idade,
Que, vista a verdade,
Gostosa me entregues
O teu coração.
              Os crimes desonram
Se são existentes;
Os ferros, que oprimem
As mãos inocentes,
Infames não são.

Chegando este dia,
Os braços daremos:
Então mandaremos
De gosto e ternura
Suspiros aos Céus.
              Pôr-me-ão no sepulcro
A honrosa inscrição:
Se teve delito,
Só foi a paixão,
Que a todos faz réus.

t Aqui, "amante" foi empregado no sentido de "amada".

t Nesse caso, "gostosa" quer dizer "satisfeita", "contente".

LIRA XXXVI

> O autor era juiz e por diversas vezes deu sentenças que defendiam os interesses do governo, do Estado, do rei.

Não hás de ter horror, minha Marília,
De tocar pulso que sofreu os ferros?
Infames impostores mos lançaram
      E não puníveis erros.

Esta mão, esta mão, que ré parece,
Ah! não foi uma vez, não foi só uma,
Que em **defesa dos bens**, que são do Estado,
      Moveu a sábia **pluma**.

É certo, minha amada, sim, é certo
Que eu **aspirava** a ser de um Reino o dono;
Mas este grande império, que eu firmava,
      Tinha em teu peito o trono.

As forças, que se opunham não batiam
Da grossa peça e do **mosquete** os tiros;
Só eram minhas armas os soluços,
      Os **rogos**, e os suspiros.

> Pluma é o mesmo que pena, ou seja, é uma caneta.

Aspirar: querer, almejar.

> O mosquete é uma arma de fogo antiga, parecida com a espingarda, só que mais pesada.

Rogo: prece, oração.

> Desvelo: zelo, dedicação.

De cuidados, **desvelos** e finezas
Formava, ó minha bela, os meus guerreiros;
Não tinha no meu campo estranhas tropas;
      Que amor não quer parceiros.

Mas pode ainda vir um claro dia,
Em que estas vis algemas, estes laços
Se mudem em prisões de alívio cheias
      Nos teus mimosos braços.

Vaidoso então direi: *Eu sou Monarca;*
Dou *leis, que é mais, num coração divino.*
Sólio que ergueu o gosto, e não a forca,
      É que é de apreço dino.

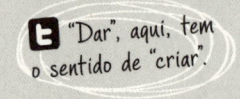

> "Dar", aqui, tem o sentido de "criar".

LIRA XXXVII

Meu sonoro Passarinho,
Se sabes do meu tormento,
E buscas dar-me, cantando,
Um doce contentamento,

Ah! não cantes, mais não cantes,
Se me queres ser **propício**;
Eu te dou em que me faças
Muito maior benefício.

Ergue o corpo, os ares rompe,
Procura o **Porto da Estrela**,
Sobe à serra, e se cansares,
Descansa num tronco dela.

Toma de Minas a **estrada**,
Na Igreja Nova, a que fica
Ao direito lado, e segue
Sempre firme a Vila Rica.

Propício: benéfico, bom.

Este porto ficava onde hoje é Magé, no estado do Rio de Janeiro. Nele, embarcava quem ia da cidade do Rio de Janeiro para Vila Rica, em Minas Gerais, por um tal Caminho do Proença. Fazer esse trecho de barco encurtava bastante a viagem.

Quando a pessoa chegava ao Caminho do Proença, ela subia por uma estrada nova que cortava a Serra da Estrela, passava por Itamaraty, Correias, Itaipava e Paraíba do Sul. De lá, o viajante seguia por uma rota mais antiga até chegar em Vila Rica.

Entra nesta grande terra,
Passa uma formosa ponte,
Passa a segunda, a terceira
Tem um palácio defronte.

Ele tem ao pé da porta
Uma rasgada janela,
É da sala, aonde assiste
A minha Marília bela.

Para bem a conheceres,
Eu te dou os sinais todos
Do seu gesto, do seu **talhe**,
Das suas feições e modos.

O seu semblante é redondo,
Sobrancelhas arqueadas,
Negros e finos cabelos,
Carnes de neve formadas.

A boca risonha, e breve,
Suas faces cor-de-rosa,
Numa palavra, a que vires
Entre todas mais formosa.

Chega então ao seu ouvido,
Dize que sou quem te mando,
Que vivo nesta masmorra,
Mas sem alívio penando.

Talhe: aparência, aspecto.

LIRA XXXVIII

> Nesta lira, o autor faz uma defesa de sua inocência, apontando coisas que poderiam provar que a acusação contra ele era infundada.

> Astreia, para os gregos, é a deusa da justiça. Em uma das mãos ela carrega uma balança e na outra, uma espada.

> "Antes", nesse caso, quer dizer "pelo contrário".

Eu vejo aquela Deusa,
Astreia pelos sábios nomeada;
Traz nos olhos a venda,
Balança numa mão, na outra espada.
O vê-la não me causa um leve abalo,
Mas, **antes**, atrevido,
Eu a vou procurar, e assim lhe falo:

Qual é o povo, dize,
Que comigo concorre no atentado?
Americano Povo!
O Povo mais fiel e mais honrado!
Tira as Praças das mãos do injusto dono,
Ele mesmo as submete
De novo à sujeição do **Luso Trono**.

Eu vejo nas histórias
Rendido Pernambuco aos **Holandeses**;
Eu vejo saqueada ▶

> Americano aqui se refere ao brasileiro.

> Sempre que outro país tentava invadir e virar dono de algum lugar do Brasil, os moradores lutavam contra o invasor e devolviam o poder ao governo (trono) português (luso).

> No século XVII, os holandeses invadiram três vezes o Brasil: primeiro na Bahia, depois em Pernambuco e, por último, no Maranhão. No total, passaram uns 25 anos no Nordeste, mas houve resistência e Portugal, enfim, conseguiu expulsar a turma toda.

> 🐦 Os franceses organizaram várias invasões no Brasil e, nos anos 1700, pelo menos duas vezes atacaram a cidade do Rio de Janeiro, encontrando sempre resistência da população local.

> 🐦 Aqui, "lá" se refere a Pernambuco.

> 🐦 No Rio de Janeiro, onde o Tomás estava preso, houve uma invasão liderada por René Duguay-Trouin em 1711, que fez as famílias de lá reféns e exigiu um resgate. Os franceses só se foram depois de receberem 600 mil cruzados, quinhentas caixas de açúcar e duzentos bois.

> 🐦 "Vista tesa" quer dizer "cara fechada".

Aceso: intenso, impetuoso.

Assisado: ajuizado, sensato.

Cabedal: riqueza, bens.

Esta ilustre **Cidade dos Franceses**,
Lá se derrama o sangue brasileiro.
　　　Aqui não basta, supre
Das **roubadas famílias** o dinheiro.

　　　Enquanto assim falava,
Mostrava a Deusa não me ouvir com gosto;
　　　Punha-me a **vista tesa**,
Enrugava o severo e **aceso** rosto.
Não suspendo contudo no que digo;
　　　Sem o menor receio,
Faço que a não entendo e assim prossigo:

　　　Acabou-se, tirana,
A honra, o zelo deste Luso Povo?
　　　Não é aquele mesmo,
Que estas ações obrou? É outro novo?
E pode haver direito, que te mova
　　　A supor-nos culpados,
Quando em nosso favor conspira a prova?

　　　Há em Minas um homem,
Ou por seu nascimento ou seu tesoiro,
　　　Que aos outros mover possa
À força de respeito, à força d'oiro?
Os bens de quantos julgas rebelados
　　　Podem manter na guerra,
Por um ano sequer, a cem soldados?

　　　Ama a gente **assisada**
A honra, a vida, o **cabedal** tão pouco,
　　　Que ponha uma ação destas
Nas mãos dum pobre, sem respeito e louco?
E quando a comissão lhe confiasse,
　　　Não tinha pobre soma,
Que por paga, ou esmola, lhe mandasse?

　　　Nos limites de Minas,
A quem se convidasse não havia?
　　　Ir-se-iam buscar sócios ❯

Na **Colônia** também, ou na Bahia?
Está voltada a Corte brasileira
         Na terra dos **Suíços**,
Onde as Potências vão erguer bandeira?

         O mesmo autor do insulto
Mais a riso do que a temor me move;
         Dou-lhe nesta loucura,
Podia-se fazer **Netuno** ou Jove.
A prudência é tratá-lo por demente,
         Ou prendê-lo, ou entregá-lo,
Para dele zombar a moça gente.

         Aqui, aqui a Deusa
Um extenso suspiro aos ares solta;
         Repete outro suspiro,
E sem palavra dar, as costas volta.
Tu te irritas! Lhe digo, e quem te ofende?
         Ainda nada ouviste
Do que respeita a mim; **sossega, atende**!

         E tinha que ofertar-me
Um pequeno, abatido e novo Estado,
         Com as armas de fora,
Com as suas próprias armas consternado?
Achas também que sou tão pouco esperto,
         Que um bem tão **contingente**
Me obrigasse a perder um bem já certo?

         Não sou aquele mesmo,
Que a extinção do **débito** pedia?
         Já viste levantado
Quem à sombra da paz alegre ria?
Um direito arriscado eu busco e feio,
         E quero que se evite
Toda a razão do insulto, e todo o meio?

         Não sabes quanto apresso
Os vagarosos dias da partida?
         Que a fortuna risonha, ▶

Trata-se de Colônia do Sacramento, no Uruguai, que os portugueses tentaram dominar. Mas os espanhóis não gostaram disso e os dois países ficaram brigando por quase um século: um conquistava e o outro vinha e tomava tudo na base da pancada. Até que, em 1777, o lugar ficou de vez nas mãos dos espanhóis.

E estaria o Brasil se tornando a Suíça? Porque os suíços tinham, desde o final da Idade Média, o hábito de lutar noutras paradas em troca de dinheiro, como soldados mercenários.

Netuno era deus do mar na mitologia romana e costumava andar com um tridente na mão — um cajado que na ponta de cima tinha três espetos, três dentes. Com ele, o deus acalmava as ondas quando o mar estava agitado.

Traduzindo: calma (sossega) aí e me ouve (atende).

Contingente: incerto, duvidoso.

O escritor achava que seria justo anular a dívida que Minas Gerais tinha com o rei português. Ao mesmo tempo, queria que rolasse a derrama (a cobrança do imposto), pois acreditava que assim o governo veria que ninguém conseguiria pagar e, portanto, o imposto teria de ser extinto.

A mais formosos campos me convida?
Não me unira, se os houvesse, aos vis traidores;
        Daqui nem oiro quero;
Quero levar somente os meus amores.

        Eu, ó cega, não tenho
Um grosso cabedal, dos pais herdado.
        Não o recebi no emprego,
Não tenho as instruções dum bom Soldado.
Far-me-iam os rebeldes o primeiro
        No império, que se erguia
À custa do seu sangue e seu dinheiro?

        Aqui, aqui de todo
A Deusa se perturba, e mais se altera;
        Morde o seu próprio beiço;
O sítio deixa, nada mais espera.
Ah! vai-te, então lhe digo, *vai-te embora;*
        Melhor, minha Marília,
Eu gastasse contigo mais esta hora.

TERCEIRA PARTE

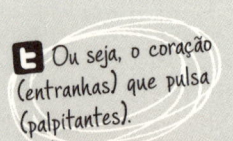

LIRA I

Convidou-me a ver seu Templo
    O cego Cupido um dia;
    Encheu-se de gosto o peito,
    Fiz deste Deus um conceito,
    Como dele não fazia.

Aqui vejo, descorados,
    Os terníssimos amantes
    Entre as cadeias gemerem;
    Vejo nas piras arderem
    As **entranhas palpitantes**.

A quem ama, quanto avista
    (Diz Cupido) não *aterra*;
    Quem quer cingir o loureiro
    Também vai sofrer primeiro
    Todo o trabalho da guerra.

> Ou seja, o coração (entranhas) que pulsa (palpitantes).

Aterrar: assustar, intimidar.

Contudo, que te dilates
  Neste sítio não convenho;
  Deixa a estância lastimosa,
  Vem ver a sala formosa
  Aonde o meu Sólio tenho.

Entro noutro grande Templo:
  Que perspectiva tão grata!
  Tudo quanto nele vejo
  Passa além do meu desejo,
  E o discurso me arrebata.

É de mármore, e de **jaspe**
  O soberbo **frontispício**;
  É todo por dentro de ouro;
  E a um tão rico tesouro
  Inda excede o **artifício**.

As janelas não se adornam
  De sedas de finas cores;
  Em lugar dos cortinados,
  Estão presos, e enlaçados
  Festões de mimosas flores.

Em torno da Sala Augusta
  Ardem dourados braseiros,
  Queimam **resinas** que estalam,
  E, postas em fumo, exalam
  Da **Pancaia** os gratos cheiros.

Ao pé do trono os seus Gênios
  Alegres hinos entoam;
  Dançam as Graças formosas,
  E aqui as horas gostosas
  Em vez de correrem, voam.

Estão sobre o pavimento,
  Igualmente reclinados,
  Nos colos dos seus amores,
  Os grandes Reis e Pastores,
  De frescas rosas coroados.

Jaspe é uma pedra meio rosada, avermelhada, muito usada em joias e, antigamente, em decoração.

Frontispício é a fachada de uma casa, templo, prédio.

Artifício: técnica, arte.

Festão é um ramo de flores e folhas arrumados em forma de guirlanda.

Trata-se de incensos (resinas).

Pancaia é uma região da antiga Arábia Feliz (sul da Arábia) e ela acaba dando nome ao perfume do incenso feito por lá.

Tradução: assim que consigo entender tudo.

Mal o acordo restauro,
    Me diz o Moço risonho:
    Como ainda não reparas
    Em tantas cousas tão raras,
    De que este Templo componho?

Sabes a história de Jove?
    Aqui tens o manso Touro,
    Tens o **Cisne** decantado,
    A Velha em que foi mudado,
    Com a grossa chuva d'ouro.

Aplica, Dirceu, agora
    Os olhos para esta parte:
    Aqui tens o verde Louro
    Que inda estima o **Pastor louro**,
    E a rede que enlaça a Marte.

Vês este Arco destramente
    De branco marfim ornado?
    À **casta Deusa** servia,
    E o perdeu, quando dormia
    Do gentil Pastor ao lado.

Vês esta Lira? Com ela
    Tira Orfeu ao bem querido
    Dos Infernos aonde estava.
    Vês este **Farol**? Guiava
    Ao meu nadador de Abido.

Vês estas duas Espadas
    Ainda de sangue cheias?
    A **Tisbe** e a Dido mataram;
    E os fortes pulsos ornaram
    De Píramo e mais de Eneias.

Sabes quem vai no navio,
    Que nesse mar se levanta?
    É **Teseu**. Vês esse pomo? ▸

Zeus se transformou em cisne pra ficar com Leda, rainha de Esparta, que era casada com Tíndaro.

O pastor louro é Apolo. Cupido tinha birra de Apolo e criou para ele um amor não correspondido: flechou Dafne com uma seta de chumbo e Apolo com uma flecha apaixonante. Aí o deus só queria saber da moça, mas ela fugia dele. A perseguição irritou Dafne, que pediu socorro ao pai. Este a transformou em um loureiro (verde Louro), e Apolo passou a andar sempre com um ramo de louro.

Já a casta deusa é Diana, a Caçadora, que também passou a ser identificada como Selene, a deusa grega da Lua.

Farol é uma referência à tocha que Leandro acendia para iluminar o caminho até sua amada Hero.

Tisbe e Píramo viviam um amor. Porém, Píramo acabou se suicidando, pois achou que Tisbe havia sido devorada por uma leoa. Quando a jovem viu o que aconteceu, se desesperou e se matou com a mesma espada usada por seu amado.

Teseu e Ariadne estavam namorando quando, durante uma viagem de Creta para Atenas, fizeram uma parada na ilha de Naxos. Ariadne tirou uma soneca por lá e, ao acordar, cadê Teseu? O cara já estava em alto-mar, indo embora no navio deles.

É de **Cípide**, assim como
São aqueles de **Atalanta**.

Vê agora estes retratos,
   Que destros pincéis fizeram:
   Ah! que pinturas divinas!
   Todas são das Heroínas,
   Que mais vitórias me deram.

Repara nesse semblante,
   É o semblante de Helena;
   Lá se avista a Grega Armada,
   E aqui de Troia abrasada
   Se mostra a funesta cena.

Vê **estoutra** formosura?
   É a bela Deidamia;
   Lá tens Aquiles ao lado,
   De uma saia disfarçado,
   Como com ela vivia.

Cleópatra é quem se segue:
   Ali tens lançando a linha
   Marco Antônio sossegado,
   Ao tempo em que Augusto, irado,
   Com armada mão caminha.

Aqui Hermes se figura;
   Vê um **Sábio** dos maiores,
   Qual infame delinquente,
   Ir desterrado, somente
   Por contar os seus amores.

Este é de Ônfale o retrato:
   Aqui tens (quem o diria!)
   Ao grande Hércules sentado
   Com as mais damas no estrado,
   Onde em seu obséquio fia.

Nem bem Acôncio viu pela primeira vez Cípide e já queria se casar. Aí, para conseguir o que tanto desejava, bolou uma armadilha: escreveu na casca de um pomo "juro que me caso com Acôncio" e jogou na moça. Cípide pegou o troço e leu o texto em voz alta, bem na frente de Diana. A leitura, assim, virou um juramento, tendo a deusa como testemunha.

Atalanta não queria se casar e inventou que só desposaria um cara capaz de correr mais depressa que ela. Disse também que teria o direito de matar qualquer um que tentasse e perdesse. Vários morreram por conta disso, até que um sujeito trouxe para a corrida uns pomos de ouro que a deusa Vênus lhe tinha dado. Daí, na disputa, o moço foi deixando cair as frutas de ouro, que Atalanta ficou catando, perdendo a corrida.

"Estoutra" é o mesmo que "esta outra".

Aristóteles se casou com uma filha adotiva de Hérmia, um ditador. Um dia, os persas mataram esse cara de maneira bem horrível, com tortura e crucificação. Aristóteles, chateado, resolveu escrever coisas bastante elogiosas sobre o sogro. Mas o pessoal achou tudo um exagero que feria até a tradição, porque só Apolo podia ser elogiado daquele jeito. Então, a barra pesou para o lado do sábio e ele teve que fugir.

Anda agora a estoutra parte,
    Conheces, Dirceu, aquela?
    – Onde vais, lhe digo, explica,
    Que beleza aqui nos fica,
    Sem fazeres caso dela?

Ergo o rosto, ponho a vista
    Na imagem não explicada.
    Oh! quanto é digna de apreço!
    Mal exclamo assim, conheço
    Ser a minha doce amada.

O coração pelos olhos
    Em terno pranto saía
    E no meu peito saltava;
    Disfarçado, Amor olhava
    Para mim a furto, e ria.

Depois de passado tempo,
    A mim se chega e me abala;
    Desperto de tanto assombro,
    Ele bate no meu ombro,
    E assim afável me fala:

Sim, caro Dirceu, é esta
    A divina formosura,
    Que te destina Cupido;
    Aqui tens o laço **urdido**
    Da tua imortal ventura.

Um Númen, Dirceu, um Númen,
    Que aos trabalhos de um humano
    Desta sorte felicita,
    Não é como se acredita,
    Não é um Númen tirano.

Olha se a cega Fortuna,
    De tudo quanto se cria,
    Ou nos mares ou na terra, ▶

Urdido: tramado, planejado.

Em o seu tesouro encerra
Outro bem de **mais valia**?

Lisas faces cor-de-rosa,
   Brancos dentes, olhos belos,
   Grossos beiços encarnados,
   Pescoço e peitos nevados,
   Negros e finos cabelos.

Não valem mais que cingires,
   C'o braço de sangue imundo,
   Na cabeça o verde louro?
   Do que teres montes d'ouro?
   Do que dares leis ao mundo?

Ah! ensina, sim, ensina
   Ao vil mortal atrevido,
   E ao peito que adora, terno,
   Que tem, para um Inferno,
   Para outro um Céu, Cupido.

Ao resto Amor me convida;
   Eu chorando a mão lhe beijo,
   E lhe digo: – Amor, perdoa
   Não seguir-te; pois não voa
   A ver mais o meu desejo.

> Ou seja, maior (mais) valor (valia).

LIRA II

Esta lira toda tem a ver com Vênus, enciumada de uma mortal, Psiquê, que estava roubando os seguidores da deusa sem nem saber. Para se vingar da rival, Vênus criou um plano: pediu para seu filho, o Cupido, fazer Psiquê se apaixonar por um cara bem feio. Só que, quando Cupido foi executar o plano, deu tudo errado. Ele acabou se flechando e caindo de amores pela jovem. Aí vem tudo aquilo de Psiquê e Cupido ficarem juntos, sem a moça poder ver a cara do amado e o fim trágico depois que ela acaba olhando.

    Em vão do amado
Filho que foge,
Vênus quer hoje
Notícias ter.

    Sagaz e astuto
Ele se esconde
Em parte aonde
Ninguém o vê.

    Dos sinais dados
Bem se conhece
que ele aborrece
A mãe que tem.

    Se os seus defeitos
Ela publica,
Razão lhe fica
De se ofender.

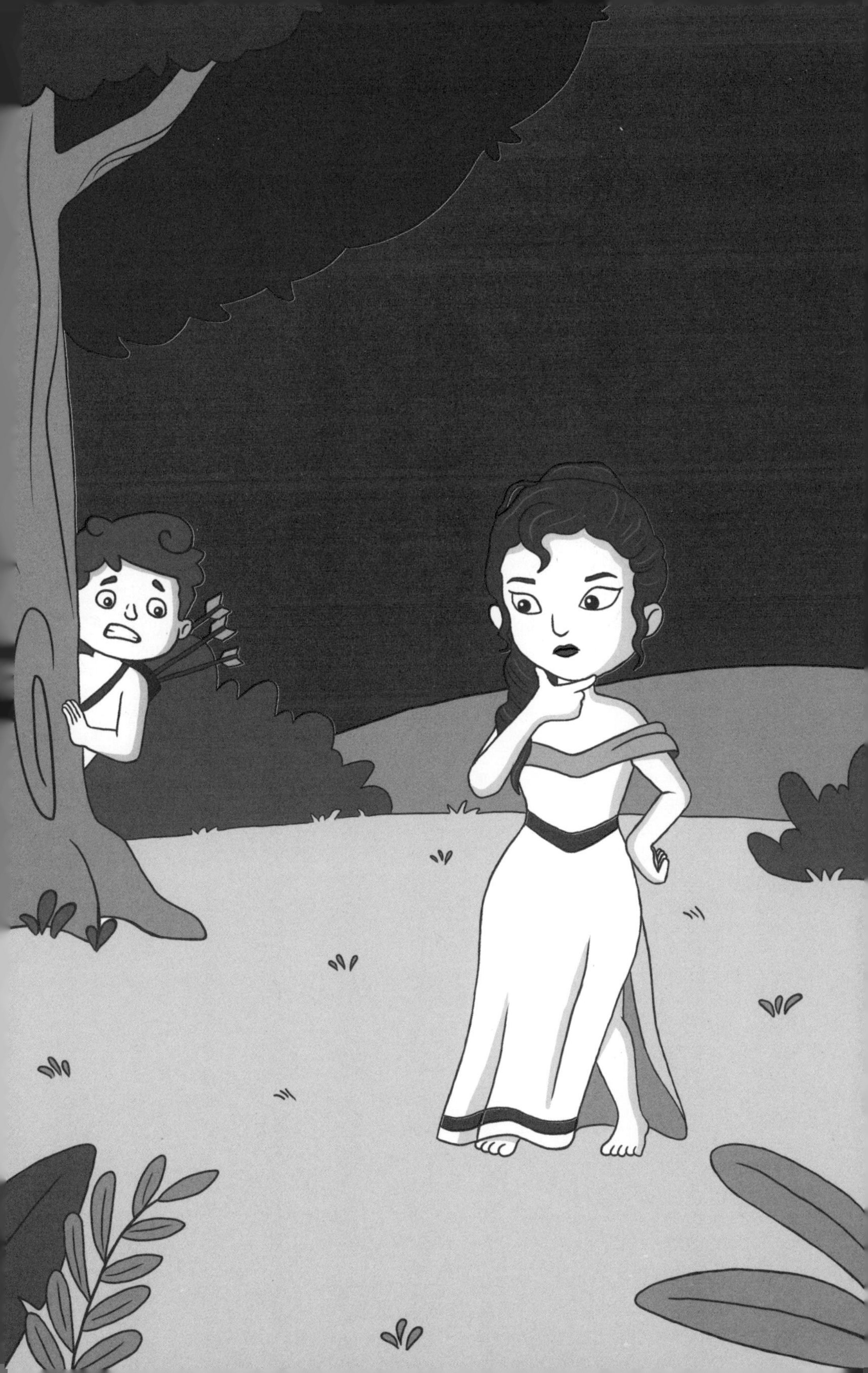

    Foge o menino
E, disfarçado,
Vive abrigado
Numa cruel.

    Com mil carícias
A ímpia o trata;
Nem o desata
Do peito seu.

    Se a semelhança
Sempre amor gera,
Deve uma fera
Outra acolher.

    Ah! Se o teu nome,
Marília, calo,
Que de ti falo
Bem podes crer.

LIRA III

Tu não verás, Marília, cem cativos
Tirarem o cascalho e a rica terra,
Ou dos cercos dos rios caudalosos,
        Ou da minada Serra.

Não verás separar ao hábil negro
Do pesado **esmeril** a grossa areia,
E já brilharem os granetes de ouro
        No fundo da **bateia**.

Não verás derrubar os virgens matos,
Queimar as capoeiras inda novas,
Servir de adubo à terra a fértil cinza,
        Lançar os grãos nas covas.

Não verás enrolar negros pacotes
Das secas folhas do cheiroso **fumo**;
Nem espremer entre as dentadas rodas
        Da doce **cana** o sumo.

> No linguajar do pessoal que explorava ouro naquela época, o esmeril era o ferro manganês que sempre vinha misturado quando a mineração ocorria em rios e córregos.
>
> A bateia era um instrumento usado para separar esse esmeril, a areia e qualquer outra coisa do ouro.
>
> O fumo, que é o preparo do tabaco, e a sua plantação foram uma das coisas que tentaram emplacar no Brasil como produto gerador de riquezas nos tempos coloniais.
>
> O Brasil colonial viveu o ciclo do açúcar. Esse produto vem da cana, que nos engenhos era espremida por rodas dentadas para extrair seu caldo. Depois era só deixar secar o caldo para fazer rapadura e açúcar.

> "Pleito", aqui, significa "questão judicial".

> Consulto é alguém com enorme experiência e sabedoria e que, por isso, é consultada. Mas aqui são os livros de direito do autor.

> Fastos são registros de acontecimentos ou obras notáveis.

Verás em cima da espaçosa mesa
Altos volumes de enredados feitos;
Ver-me-ás folhear os grande livros,
    E decidir os **pleitos**.

Enquanto revolver os meus **Consultos**.
Tu me farás gostosa companhia,
Lendo os **fastos** da sabia, mestra História,
    E os cantos da poesia.

Lerás, em alta voz, a imagem bela,
Eu, vendo que lhe dás o justo apreço,
Gostoso tornarei a ler de novo
    O cansado processo.

Se encontrares louvada uma beleza,
Marília, não lhe invejes a ventura,
Que tens quem leve à mais remota idade
    A tua formosura.

LIRA IV

    Amor por acaso
A um pouso chegava,
Aonde acolhida
A Morte se achava.

    Risonhos e alegres,
Os braços se deram,
E as armas unidas
Num sítio puseram.

    De empresas tamanhas
Cansados já vinham,
E em larga conversa
A noite entretinham.

    Um conta que há pouco
A seta aguçada
Em uma beleza
Deixara empregada.

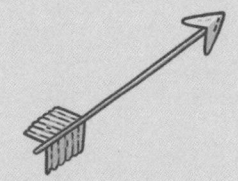

> Diz outro que as flechas
> Cravara no peito
> De um grande, que teve
> O mundo **sujeito**.
>
> Enquanto das forças
> Cada um presumia,
> Seus membros já **lassos**
> O sono rendia.
>
> Dormindo tranquilos,
> A noite passaram,
> E inda antes da aurora
> Com ânsia acordaram.
>
> *É tempo que o leito*
> *Deixemos, ó Morte,*
> *Amor, já erguido,*
> *Falou desta sorte.*
>
> *É tempo,* em reposta
> A Morte repete,
> *Que à nossa* **fadiga**
> *Dormir não compete.*
>
> *As armas* **colhamos**,
> *Voltemos ao* **giro**:
> *Cada um a seu gosto*
> *Empregue o seu tiro.*
>
> Vão inda, c'os olhos
> Em sono turbados,
> Ao sítio em que os ferros
> Estão pendurados.
>
> Amor para as setas
> Da Morte se inclina;
> De Amor logo a Morte
> Co'as flechas atina.

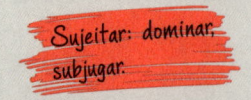

Sujeitar: dominar, subjugar.

Lasso: cansado, esgotado.

"Fadiga", neste caso, quer dizer "trabalho", "tarefa".

"Colhamos", aqui, tem sentido de "recolhamos".

Giro: ação, atividade.

Oh! golpes tiranos!
Oh! mãos homicidas!
São **tiros** da Morte
De Amor as feridas.

De um sonho, que pinto,
Marília, conhece
Se amor, ou se morte
Esta alma padece.

> "Tiro", aqui, é "flechada".

LIRA V

t Nise é outra musa do poeta Cláudio Manuel da Costa.

8 Na verdade, o nome certo é Creso, ricaço rei da Lídia, hoje Turquia. Tem até uma expressão usada nos tempos do autor, "rico como Creso", para falar de alguém cheio de dinheiro e propriedades.

t Tradução: quis (deu-me) o destino (a sorte).

Eu não sou, minha **Nise**, pegureiro,
Que viva de guardar alheio gado;
    Nem sou pastor grosseiro,
Dos frios gelos e do sol queimado,
Que veste as pardas lãs do seu cordeiro.
    Graças, ó Nise bela,
    Graças à minha Estrela!

A **Cresso** não igualo no tesouro;
Mas **deu-me a sorte** com que honrado viva.
    Não cinjo coroa d'ouro;
Mas Povos mando, e na testa altiva
Verdeja a Coroa do sagrado Louro.
    Graças, ó Nise bela,
    Graças à minha Estrela!

Maldito seja aquele, que só trata
De contar, escondido, a vil riqueza, ❯

Que, cego, se arrebata
Em buscar nos Avós a vã nobreza,
Com que aos mais homens, seus iguais, abata.
    Graças, ó Nise bela,
    Graças à minha Estrela!

As fortunas, que em torno de mim vejo,
Por falsos bens, que enganam, não reputo;
    Mas antes mais desejo,
Não para me voltar soberbo em bruto,
Por ver-me grande, quando a mão te beijo.
    Graças, ó Nise bela,
    Graças à minha Estrela!

Pela Ninfa, que jaz vertida em Louro,
O grande deus Apolo não delira?
    Jove, mudado em Touro,
E já mudado em velha não suspira?
Seguir aos Deuses nunca foi desdouro.
    Graças, ó Nise bela,
    Graças à minha Estrela!

Pertendam **Anibais** honrar a História,
E cinjam com a mão, de sangue cheia,
    Os louros da vitória.
Eu revolvo os teus dons na minha ideia:
Só dons que vêm do céu são minha glória.
    Graças, ó Nise bela,
    Graças à minha Estrela!

> *O autor inventou aqui um plural para Aníbal Barca, um general de Cartagena, na Antiguidade, que é tido como um dos maiores craques da história em termos de tática militar.*

LIRA VI

TRADUÇÃO

    Amor, que seus passos
Ligeiro movia
Por mil embaraços,
Que um bosque tecia,

    Nos ombros me acena
Com brando raminho;
E logo me ordena
Que siga o caminho.

    Por entre a espessura
Do bosque me avanço;
E atrás da ventura,
Incauto, me lanço.

    Já tinha calcado
Os montes mais duros;
C'o peito rasgado
Os rios escuros.

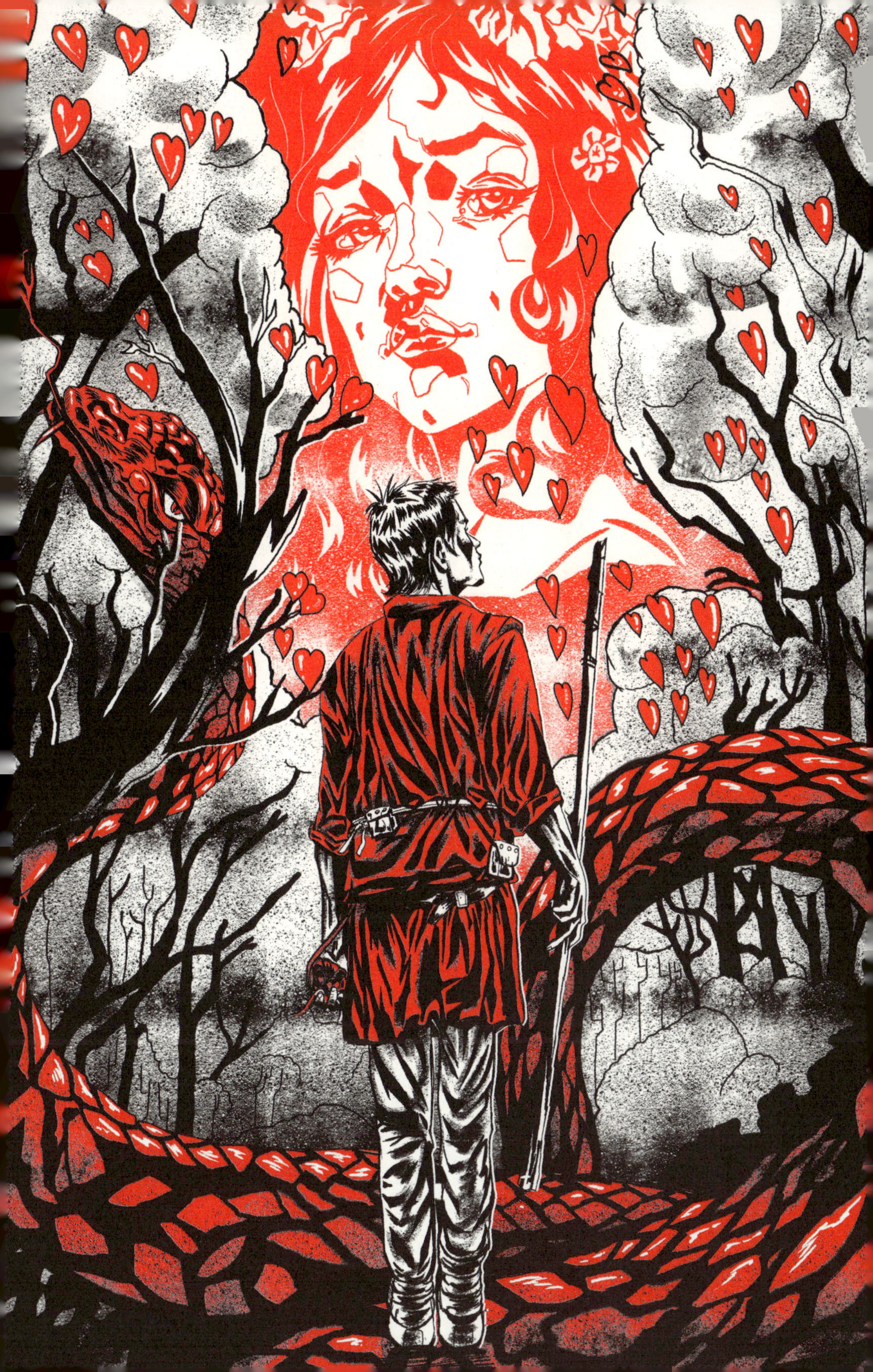

Eis que uma serpente,
A língua vibrando,
Me crava o seu dente,
Me deixa expirando.

Então, surpreendida
Da dor que a traspassa,
Minha alma ferida
Aos beiços se passa.

As iras detesta
Amor isto vendo,
E as asas na testa
Me bate, dizendo:

Tu choras, tu gemes,
Da serpe tocado,
E o braço não temes
De um Númen irado?

LIRA VII

> Nesta parte, o autor tenta convencer Marília a ir do Brasil (as já lavradas serras) para a terra onde ele nasceu, Portugal (saudosos lares).

Tu, formosa Marília, já fizeste
Com teus olhos ditosas as campinas
Do turvo Ribeirão em que nasceste;
      Deixa, Marília, agora
      As já lavradas serras;
Anda, **afoita**, romper os grossos mares,
Anda encher de alegria estranhas terras;
      Ah! por ti suspiram
      Os meus saudosos lares.

Não corres como **Safo** sem ventura,
Em seguimento de um cruel ingrato,
Que não cede aos encantos da ternura;
      Segues um fino amante,
      Que, a perder-te, morria.
Quebra os **grilhões do sangue** e vem, ó bela;
Tu já foste no Sul a minha guia,
      Ah! deves ser no Norte
      Também a minha Estrela.

Afoito: corajoso, ousado.

Faonte, barqueiro de Lesbos, uma vez transportou Afrodite sem saber quem era e sem cobrar nada. Impressionada, Afrodite ofereceu a ele um potinho com algo pastoso. Quando passou o negócio na pele, Faonte tornou-se lindo. Aí, Safo, poetisa de Lesbos, ficou perdidamente apaixonada por ele, que curtiu a relação, a princípio, mas não demorou muito e deu no pé. Não conseguindo lidar com a rejeição, Safo se atirou de um despenhadeiro.

> Ou seja, laços (grilhões) de família (do sangue).

> No fim de uma embarcação há uma parte curva, tanto de um lado quanto do outro: a alheta.

> Quando o vento está forte, usa-se uma técnica (o rizo) para reduzir a vela. Então "desrinzar" é fazer o contrário, deixando a vela (o linho) esticada, maior.

Delfim: golfinho.

Carreira: corrida, correria.

> Para tentar proteger quem estava em um navio sob ataque, colocavam-se paveses no barco. O pavês é uma chapa de madeira que faz papel de escudo.

> A proa é a parte da frente da embarcação e, na época, era costume colocar nela um enfeite que demonstrasse força e coragem. Os portugueses usavam o leão com uma coroa portuguesa.

> "Linfa" significa "água" em linguagem poética.

> Popa é a parte traseira da embarcação, o lado oposto à proa.

> Toninha é um tipo de golfinho, mas menor e bem narigudo.

> Repuxo é um jato forte d'água pra cima (algo bem típico das baleias).

Verás ao Deus Netuno sossegado,
Aplainar c'o tridente as crespas ondas,
Ficar como dormindo o mar salgado,
    Verás, verás, d'**alheta**
    Soprar o brando vento;
Mover-se o leme, **desrinzar-se o linho**,
Seguirem os **Delfins** o movimento,
    Que leva na **carreira**
    O **empavesado** pinho.

Verás como o **Leão, na proa** arfando,
Converte em branca espuma as negras ondas,
E as talha e corta com murmúrio brando;
    Verás, verás, Marília,
    Da janela dourada,
Que uma comprida estrada representa
A **linfa** cristalina, que, pisada
    Pela **popa** que foge,
    Em borbotões rebenta.

Bruto peixe verás de corpo imenso
Tornar ao torto anzol, depois de o terem
Pela rasgada boca ao ar suspenso;
    Os pequenos peixinhos
    Quais pássaros voarem;
De **toninhas** verás o mar coalhado,
Ora surgirem, ora mergulharem,
    Fingindo ao longe as ondas,
    Que forma o vento irado.

Verás que o grande monstro se apresenta,
Um **repuxo** formando com as águas,
Que ao ar espalha da robusta venta;
    Verás, enfim, Marília,
    As nuvens levantadas,
Umas de cor azul ou mais escuras,
Outras de cor de rosa ou prateadas,
    Fazerem no horizonte
    Mil diversas figuras.

Mal chegares à **foz** do **claro Tejo**,
Apenas ele vir o teu semblante,
Dará no leme do **baixel** um beijo.
       Eu lhe direi vaidoso:
       Não trago, não, comigo,
Nem pedras de valor, nem montes d'ouro;
Roubei as **áureas** Minas e consigo
       Trazer para os teus cofres
       Este maior Tesouro.

Foz é onde o rio termina, desembocando no mar ou em outro rio.

O Tejo é um importante rio que nasce na Espanha e corta Portugal até se encontrar com o oceano Atlântico na cidade de Lisboa. E o "claro" aí significa ilustre.

Baixel é um barco ou navio pequeno.

Áureo: de ouro.

LIRA VIII

> Aqui, "dormideiras" são ervas que ajudam a fazer dormir.

> "Ao vivo" significa de forma bem verdadeira, bem clara.

Possante: potente, vigoroso.

> Na época, a âncora era presa ao navio por uma corda. Só a partir dos anos 1800 as correntes começaram a ser usadas. Para puxar a corda e tirar a âncora do fundo do mar, era necessária uma roda forte e grande.

Enlear: enrolar, prender.

> A barra é a entrada/saída de um porto. Assim, pôr a proa à barra é o mesmo que deixar o porto.

> Quando o barco está parado, as velas são fechadas e amarradas nos mastros. Quando vai sair, elas precisam ser abertas (cair). Em grandes embarcações, alguém apita, sinalizando aos marinheiros que as soltem.

Em cima dos viventes fatigados
Morfeu as **dormideiras** espremia,
Os mentirosos sonhos me cercavam;
    Na vaga fantasia
    Ao vivo me pintavam
    As glórias que, desperto,
    Meu coração pedia.

Eu vou, eu vou subindo a Nau **possante**,
Nos braços conduzindo a minha bela;
Volteia a grande roda, e a **grossa amarra**
    Se **enleia** em torno dela;
    Já **ponho a proa à barra**,
    Já **cai ao som do apito**
    Ora uma, ora outra vela.

Os arvoredos já se não distinguem;
A longa praia ao longe não branqueja;
E já se vão sumindo os altos montes,

Já não há que se veja
Nos claros Horizontes,
Que não sejam vapores,
Que Céu e mar não seja.

Parece vão correndo as negras ondas,
E o pinho, qual rochedo, estar parado;
Ergue-se a onda, vem à Nau direita,
    E quebra no **costado**;
    O navio se deita,
    E ela finge a ladeira
    Saindo do outro lado.

Vejo nadarem os brilhantes peixes,
Cair do **Lais** a linha que os engana;
Um, dourado, no anzol está pendente,
    Sofre morte tirana;
    Entretanto que a sente,
    Ao **tombadilho açouta**
    A cauda e a barbatana.

Sobre as ondas descubro uma Carroça,
De formosas conchinhas enfeitada;
Delfins a **movem** e vem **Tétis** nela;
    Na popa está parada;
    Nem pode a Deusa bela
    Tirar os brandos olhos
    Na minha doce amada.

Nas costas dos Golfinhos vêm montados
Os nus **Tritões**, deixando a Esfera cheia
C'o rouco som dos búzios retorcidos.
    Recreia, sim, recreia
    Meus atentos ouvidos
    O canto sonoroso
    Da **música** Sereia.

Já sobe ao grande mastro o bom **gajeiro**;
Descobre **arrumação**, e grita "Terra!";
À **murada** caminha, alegre, a gente;

> Costado é a lateral do barco.

> Lais é uma vara fina e flexível de pesca.

> Tombadilho é uma parte alta do navio que fica bem na proa. E "açoutar" é o mesmo que "açoitar", "chicotear".

> Aqui, "mover" significa "puxar".

> Para os gregos, Tétis era uma titânide (feminino de titã) que passeava pelos mares com uma concha de marfim como carruagem puxada por cavalos brancos.

> Tritão é um deus marinho grego, com cauda de peixe no lugar de pernas. Ele acalmava o mar usando uma concha enorme (búzio) como instrumento musical.

Recrear: distrair, divertir.

> "Música", aqui, tem sentido de "musical".

> Gajeiro é o marinheiro que sobe no mastro para tentar avistar uma ilha, uma praia.

Arrumação: direção.

> Murada é uma grade de madeira nas beiradas dos barcos, tipo um parapeito.

8 Mafra é uma vila litorânea perto de Lisboa.

t Em 1717, d. João V ordenou a construção em Mafra de um enorme meio Palácio Real, meio convento, com duas grandes torres com 92 sinos.

8 Cascais é uma cidade à beira-mar de Portugal.

t Muleta é um barco menor, típico da região, que guia a entrada do barco maior no rio Tejo até a chegada no porto.

t Os barcos a vela têm vários mastros. O último deles, perto da popa, é a mezena. A vela maior desse mastro ganha o mesmo nome. Já a menor se chama gata.

Atroar: perturbar, aturdir.

8 Paço d'Arcos é uma cidade perto de Lisboa, com praia e um palácio de mesmo nome. Dizem que o rei d. Manuel I gostava de ir lá ver as caravelas partindo pra Índia.

8 Junqueira é uma antiga rua de Lisboa, paralela ao rio Tejo. Após o terremoto que arrasou a cidade em 1755, o local se tornou uma área de palácios chiques.

Surto: ancorado, atracado.

Alguns entendem que erra;
Pelo imóvel somente
Conheço não ser nuvem,
Sim o cume d'alta serra.

De **Mafra** já descubro as grandes **torres**
(E que nova alegria me arrebata!),
De **Cascais** a **muleta** já vem perto;
  Já de abordar-nos trata;
  Já o piloto esperto,
  Inda debaixo manda
  Soltar **mezena e gata**.

Eu vou entrando na espaçosa barra,
A grossa artilharia já me **atroa**;
Lá ficam **Paço d'Arcos**, e a **Junqueira**;
  Já corre pela proa
  Uma amarra ligeira;
  E a nau já fica **surta**
  Diante da grã Lisboa.

Agora, agora sim, agora espero
Renovar da amizade antigos laços.
Eu vejo ao velho Pai, que lentamente
        Arrasta a mim os passos.
        Ah! como vem contente!
        De longe mal me avista,
        Já vem abrindo os braços.

Dobro os joelhos, pelos pés o aperto,
E manda que dos pés ao peito passe.
Marília, quanto eu fiz, fazer intenta;
        Antes que os pés lhe abrace,
        Nos braços a sustenta;
        Dá-lhe de filha o nome,
        Beija-lhe a branca face.

Vou descer a escada, oh Céus, acordo!
Conheço não estar no claro Tejo;
Abro os olhos, procuro a minha amada,
        E nem sequer a vejo.
        Venha a hora **afortunada**,
        Em que não fique em sonhos
        Tão ardente desejo!

Afortunado: feliz, exultante.

LIRA IX

A UMA DESPEDIDA

Na mitologia grega, a esposa de Lico, rei de Tebas, era Dirce. Ciumenta, infernizou a vida de uma sobrinha do marido. Para vingar a mãe, os filhos da moça amarraram Dirce em um touro, que a arrastou até a morte. Depois, jogaram o corpo em uma fonte, que passou a ter o nome da mulher. A fonte Dirce era bonita e serviu de inspiração para vários poetas. Virou também um sinônimo para quem era de Tebas. O poeta Píndaro, por exemplo, foi chamado por Horácio, outro escritor grego, de "cisne de Dirceu", ou seja, "cisne de Tebas". Mas há também quem diga que Dirceia é só outra forma de o autor nomear Marília.

Primeiro, Tomás Antônio Gonzaga ficou preso no Rio de Janeiro. Depois, foi expulso do Brasil e obrigado a morar em Moçambique — que hoje é um país no sul da África, mas que, naquela época, era colônia portuguesa.

Chegou-se o dia mais triste
Que o dia da morte feia:
Caí do trono, **Dirceia**,
Do trono dos braços teus.
  Ah! Não posso, não, não posso
  Dizer-te, meu bem, adeus!

Ímpio Fado, que não pôde
Os doces laços quebrar-me,
Por vingança quer levar-me
Distante dos olhos teus.
  Ah! Não posso, não, não posso
  Dizer-te, meu bem, adeus!

Parto, enfim, e vou sem ver-te,
Que neste fatal instante
Há de ser o teu semblante
Mui funesto aos olhos meus.

> Ah! Não posso, não, não posso
> Dizer-te, meu bem, adeus!

E crês, Dirceia, que devem
Ver meus olhos penduradas
Tristes lágrimas salgadas
Correrem dos olhos teus?
> Ah! Não posso, não, não posso
> Dizer-te, meu bem, adeus!

De teus olhos engraçados,
Que puderam, piedosos,
De tristes em venturosos
Converter os dias meus?
> Ah! Não posso, não, não posso
> Dizer-te, meu bem, adeus!

Desses teus olhos divinos,
Que, ternos e sossegados,
Enchem de flores os prados,
Enchem de luzes os Céus?
> Ah! Não posso, não, não posso
> Dizer-te, meu bem, adeus!

Destes teus olhos, enfim,
Que domam Tigres valentes,
Que nem rígidas Serpentes
Resistem aos tiros seus?
> Ah! Não posso, não, não posso
> Dizer-te, meu bem, adeus!

Da maneira que seriam
Em não ver-te criminosos,
Enquanto foram ditosos,
Agora seriam réus.
> Ah! Não posso, não, não posso
> Dizer-te, meu bem, adeus!

Parto, enfim, Dirceia bela,
Rasgando os ares cinzentos;

Virão nas asas dos ventos
Buscar-te os suspiros meus.
        Ah! Não posso, não, não posso
        Dizer-te, meu bem, adeus!

Talvez, Dirceia adorada,
Que os duros fados me neguem
A glória de que eles cheguem
Aos ternos ouvidos teus.
        Ah! Não posso, não, não posso
        Dizer-te, meu bem, adeus!

Mas se ditosos chegarem,
Pois os solto a teu respeito,
Dá-lhes abrigo no peito,
Junta-os c'os suspiros teus.
        Ah! Não posso, não, não posso
        Dizer-te, meu bem, adeus!

E quando tornar a ver-te,
Ajuntando rosto a rosto,
Entre os que dermos de gosto,
Restitui-me então os meus.
        Ah! Não posso, não, não posso
        Dizer-te, meu bem, adeus!

SONETOS

1

É gentil, é prendada a minha **Alteia**;
As graças, a modéstia de seu rosto
Inspiram no meu peito maior gosto
Que ver o próprio trigo quando ondeia.

Mas vendo o lindo gesto de Dirceia
A nova sujeição me vejo exposto;
Ah! que é mais engraçado, mais composto
Que a pura Esfera, de mil astros cheia!

Prender as duas com grilhões estritos
É uma ação, ó deuses, inconstante,
Indigna de sinceros, nobres peitos.

Cupido, se tens dó de um triste amante,
Ou forma de Lorino dous sujeitos,
Ou forma desses dous um só semblante.

> Aqui, Alteia (que é um tipo de flor) é outro nome para a mulher amada.

2

 Num fértil campo de soberbo Douro,
Dormindo sobre a relva, descansava,
Quando vi que a Fortuna me mostrava
Com alegre semblante o seu tesouro.

 De uma parte, um montão de prata e ouro
Com pedras de valor o chão curvava;
Aqui um cetro, ali um trono estava,
Pendiam coroas mil de grama e louro.

 *Acabou-se – diz-me então – a desventura:
De quantos bens te exponho qual te agrada,
Pois **benigna** os concedo, vai, procura.*

 Escolhi, acordei, e não vi nada:
Comigo assentei logo que a ventura
Nunca chega a passar de ser sonhada.

Benigno: bondoso, benévolo.

🇹 "Comigo assentei", ou seja, "eu entendi".

3

    Enganei-me, enganei-me – paciência!
Acreditei às vezes, cri, Ormia,
Que a tua singeleza igualaria
A tua mais que angélica aparência.

    Enganei-me, enganei-me – paciência!
Ao menos conheci que não devia
Pôr nas mãos de uma externa **galhardia**
O prazer, o sossego e a inocência.

    Enganei-me, Cruel, com teu semblante,
E nada me admiro de faltares,
Que esse teu sexo nunca foi constante.

    Mas tu perdeste mais em me enganares:
Que tu não acharás um firme amante,
E eu posso de traidoras ter milhares.

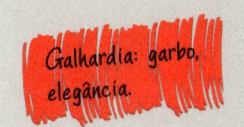

> Galhardia: garbo, elegância.

4

Ainda que de Laura esteja ausente,
Há de a chama durar no peito amante;
Que existe retratado o seu semblante,
Se não nos olhos meus, na minha mente.

Mil vezes finjo vê-la, e eternamente
Abraço a sombra vã; só nesse instante
Conheço que ela está de mim distante,
Que tudo é ilusão que esta alma sente.

Talvez que ao bem de a ver Amor resista;
Por que minha paixão, que aos céus é grata,
Por inocente assim melhor persista;

Pois quando só na ideia ma retrata,
Debuxa os dotes com que prende, vista,
Esconde as obras com que ofende, ingrata.

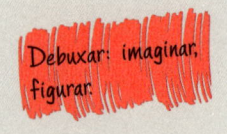

> Debuxar: imaginar, figurar.

5

 Ao Templo do Destino fui levado:
Sobre o altar um cofre se firmava,
Em cujo seio cada qual buscava,
Tremendo, anúncio do futuro estado.

 Tiro um papel e leio – Céu Sagrado,
Com quanta causa o coração pulsava!
Este duro Decreto escrito estava
Com negra tinta pela mão do Fado:

 Adore Polidoro a bela Ormia,
Sem dela conseguir a recompensa,
Nem quebrar-lhe os grilhões a tirania.

 Das mãos Amor mo arranca, e sem **detença**,
Três vezes o levando à boca impia,
Jurou cumprir à risca a tal sentença.

Detença: demora, delonga.

6

Quantas vezes Lidora me dizia,
Ao terno peito minha mão levando:
Conjurem-se em meu mal os Astros, quando
Achares no meu peito **aleivosia**!

Então que não chorasse lhe pedia,
Por firme seu amor acreditando.
Ah! que em movendo os olhos, suspirando,
Ao mais acautelado enganaria!

Um ano assim viveu. Oh! céus, agora
Mostrou que era mulher: a natureza,
Só por não se mudar, a fez traidora.

Não, não darei mais cultos à beleza,
Que, depois de faltar à fé Lidora,
Nem creio que nas Deusas há firmeza.

Conjurar: tramar, conspirar.

Aleivosia: traição, deslealdade.

7

O Númen **Tutelar** da Monarquia,
Que fez do grande **Henrique** a invicta espada,
Procurou dos Destinos a morada,
Por consultar a idade que viria.

A mil e mil heróis descrito via,
Que exaltam de **Furtado** a **estirpe** honrada,
E na série, que adora, dilatada,
O nome de **Francisco** descobria.

Contempla uma por uma as letras d'oiro;
Este penhor, que o tempo não consome,
Promete ao Reino seu maior tesoiro.

Prostra-se o Gênio; e sem que a empresa tome
De lhe buscar sequer mais outro agoiro,
O sítio beija, e lhe mostra o nome.

Tutelar: protetor; defensor.

No século VIII, aos poucos os cristãos recuperavam as terras tomadas pelos árabes. Disso surgiu a Terras Portucales, território dos reinos de Leão e Castela (Espanha). A região foi dada a Henrique de Borgonha pelo seu sogro Afonso VI (que assumiu o trono de Leão e Castela em 1077), passando a se chamar Condado Portucalense. Ele queria que seu condado tivesse autonomia, porém morreu, e quem ficou no comando foi sua viúva, que agia de acordo com os desejos do pai. Os nobres do lugar discordavam de tal atitude e apoiaram o filho dela, d. Afonso Henriques, de catorze anos, em uma luta contra a mãe. O menino venceu e declarou, em 1143, a independência do Reino de Portugal.

8 Afonso Furtado foi o primeiro Visconde de Barbacena.

Estirpe são os antepassados de uma pessoa.

A amizade do autor com o Visconde de Barbacena era antiga, vinha de Portugal. Quando Francisco, filho do governador, nasceu, o autor fez este poema aqui e o seguinte.

8

> Depois que d. Afonso Henriques criou o Reino de Portugal, oito reis descendentes dele subiram ao trono, até que chegou a vez de d. Fernando, que não teve filhos homens. A falta de herdeiro virou uma crise, que depois virou uma guerra contra Leão e Castela. E nessa briga, Afonso Furtado conseguiu fama e prestígio ao enfrentar e vencer os castelhanos no rio Tejo.

> Progenitor é quem dá origem a outro indivíduo, os pais de uma pessoa.

> Vaticínio: profecia, previsão.

Nascer no berço da maior grandeza,
De palmas e de louros rodeado,
Deve-se aos grandes Pais, ao Tronco honrado,
Que ilustra deste longe a natureza.

Se porém muito mais se adora e preza
O dom que o nobre sangue traz herdado,
Pela própria virtude sustentado,
Feliz o objeto da presente empresa.

De **mil heróis**, no Tejo vencedores,
Um ramo nasce, um ramo que a memória
Faz imortal de seus **Progenitores**.

Eu leio em **vaticínio** a sua história:
Une Francisco, a par de seus maiores,
Ao herdado esplendor a própria glória.

9

 Mudou-se enfim Lidora, essa Lidora
Por quem mil vezes **fé** me foi jurada.
Que vos detém, ó céus, que castigada
Ainda não deixais tão vil traidora?

 Não haja piedade; sinta agora
A dita sem remédio em mal trocada;
Pois, se assim não sucede, fica ousada
Para ser outra vez enganadora.

 Vingai, ó justos céus..., mas ah! que digo?
Que maltrateis Lidora? – o sentimento
Privou-me do discurso; eu me **desdigo**.

 Não, não vibreis o raio violento;
Pois sei que a compaixão do seu castigo
Há de aumentar depois o meu tormento.

> Fé: fidelidade, compromisso.

> "Desdigo" é o mesmo que "retiro o que eu disse".

10

Adeus, cabana, adeus; adeus, ó gado;
Albina ingrata, adeus, em paz te deixo;
Adeus, doce **rabil**; neste alto freixo
Te fica, ao meu destino consagrado.

Se te for meu sucesso perguntado,
não declares, rabil, de quem me queixo;
não quero que se saiba vive Aleixo
por causa de uma infame desterrado.

Se vires a pastor desconhecido,
lhe dize então piedoso: Ah! vai-te embora,
atalha os danos, que outros têm sentido.

Habita nesta Aldeia uma pastora,
de rosto belo, coração fingido,
umas vezes cruel, e as mais traidora.

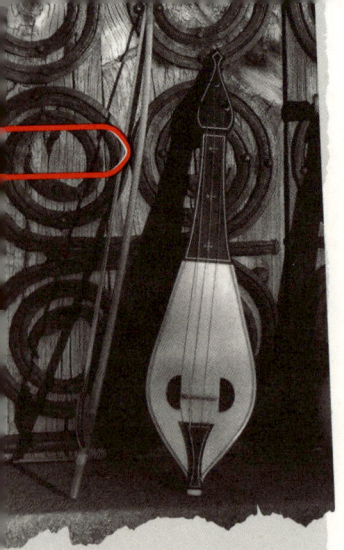

Também chamado de arrabil ou rabel, é um instrumento árabe que deu origem à rabeca.

Atalhar: deter, interromper.

11

Com pesadas cadeias maniatado,
Às vozes da razão ensurdecido,
Dos Céus, de mim, dos homens esquecido,
Me vi de amor nas trevas sepultado.

Ali aliviava o meu cuidado
C'o dar de quando em quando algum gemido.
Ah! tempo! Que, somente refletido,
Me fazes entre as ditas desgraçado.

Assim vivia, quando a falsidade
De Laura me tornou num breve dia
Quanto a razão não pôde em longa idade:

Quebrei o vil grilhão que me oprimia!
Oh! feliz de quem goza a liberdade,
Bem que venha por mãos da aleivosia!

Traduzindo: preso (maniatado) com algemas (cadeia).

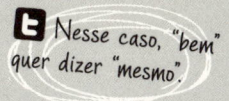

Tornar: revelar.

Nesse caso, "bem" quer dizer "mesmo".

12

    Obrei quando o discurso me guiava,
Ouvi aos sábios quando errar temia;
Aos bons no gabinete o peito abria,
Na rua a todos como iguais tratava.

    Julgando os crimes nunca os votos dava
Mais duro, ou pio do que a Lei pedia;
Mas podendo salvar ao justo, ria,
E devendo punir ao réu, chorava.

    Não foram, Vila Rica, os meus projetos
Meter em férreo cofre **cópia** d'oiro
    Que farte aos filhos e que chegue aos netos;

Outras são as fortunas que me agoiro:
Ganhei saudades, adquiri afetos,
    Vou fazer destes bens melhor tesoiro.

Cópia: abundância, profusão.

13

Quando o torcido buço derramava
Terror no aspecto ao Português sisudo,
Quando, sem pó nem óleo, o pente agudo,
Duro, intonso, o cabelo em laço atava.

Quando **contra** os Irmãos o braço
　　　　　　　　　　　　[armava
O forte Nuno, apondo escudo a escudo;
Quando a palavra, que prefere a tudo,
Com a barba arrancada **João** firmava.

Quando a mulher à sombra do marido
Tremer se via; quando a Lei prudente
Zelava o sexo do civil ruído;

Feliz então, então só inocente
Era de Luso o Reino. Oh! bem perdido!
Ditosa condição, ditosa gente!

Depois que d. Fernando morreu sem um sucessor, uns nobres escolheram d. João I como rei. Mas um rei de mesmo nome, lá de Castela, era casado com a única filha de Fernando e achou que isso não valia, que era ele quem devia ficar com tudo. Por isso, Castela atacou Portugal, só que perdeu a briga. A derrota deveu-se à competência do líder do Exército Português, Nuno Álvares Pereira, que lutou inclusive contra seus dois meios-irmãos, Diogo e Pedro, que estavam do lado de Castela.

No século XVI, Portugal estava metido aqui no Brasil e em outros cantos. Um deles era Goa, na Índia, para onde foi despachado, a mando do rei, João de Castro, que deveria comandar toda a região. Lá pelas tantas, alguns inimigos destruíram total uma fortaleza importante, e João percebeu que seu governo não tinha dinheiro para reconstruí-la. Daí, escreveu para várias autoridades de Goa pedindo empréstimos e oferecendo a barba dele (sinônimo de honra, de palavra) como garantia (simbólica) da transação.

Traduzindo: protegia (zelava) as mulheres (sexo) das confusões (ruído) típicas das movimentadas cidades (civil).

ILUSTRADORES

Camila Matos
40, 61, 128, 161, 201 e 224.

Leblu
23, 85, 97, 171, 177, 192 e 211.

Loro Verz
36, 80, 94, 106, 157 e 195.

Marcelo Anache
24, 50, 77, 118, 137, 222, 227 e mapa de personagens.

Marina Hauer
53, 70, 121, 145, 179 e 199.

Nicole Bustamante
19, 82, 103, 184 e 218.

Samara Romão
57, 75, 138, 151, 165 e 205.

✔ **Quem é quem na obra de Tomás Antônio Gonzaga**

Mapa dos personagens

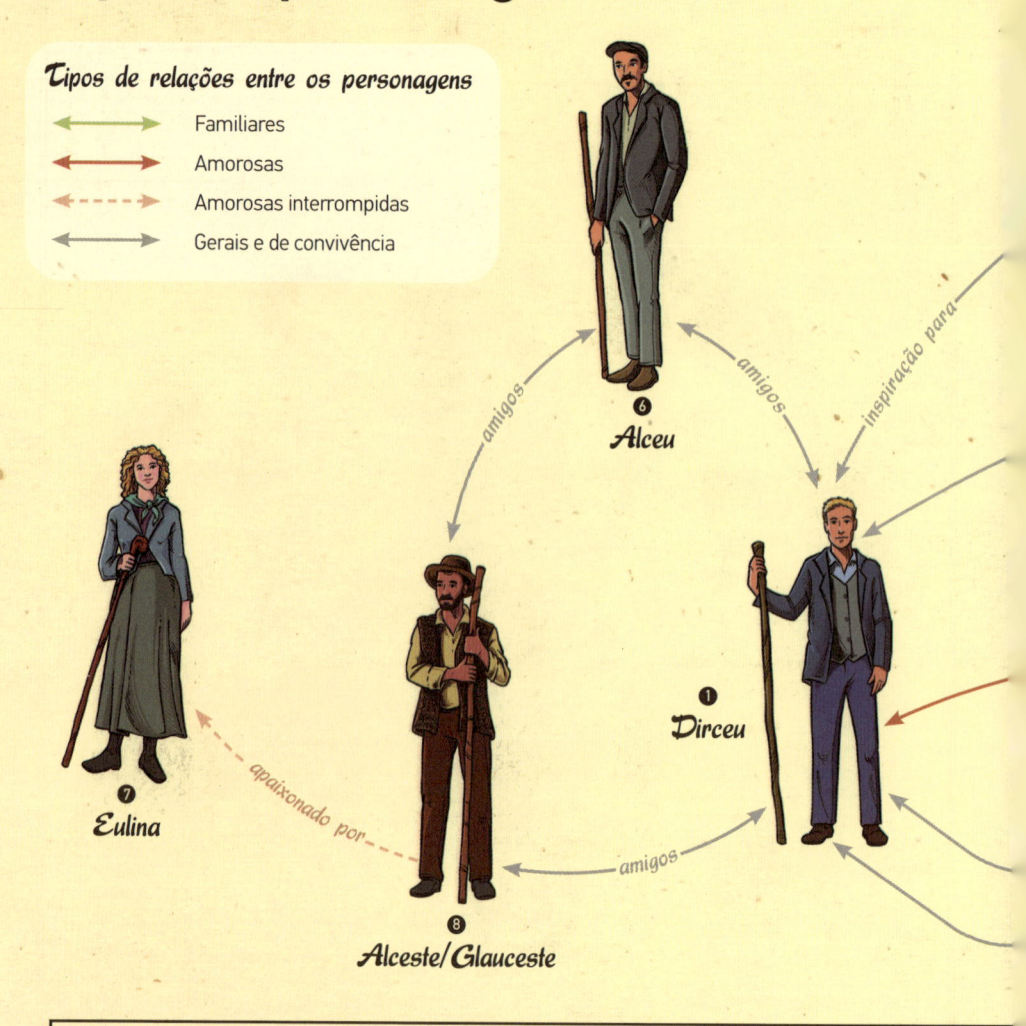

Tipos de relações entre os personagens

- →← Familiares
- →← Amorosas
- ⇢⇠ Amorosas interrompidas
- →← Gerais e de convivência

⑥ Alceu

⑦ Eulina

⑧ Alceste/Glauceste

① Dirceu

amigos — *amigos* — *inspiração para* — *apaixonado por* — *amigos*

Agora que você terminou de ler o livro (nem pense em pular direto para esta página!), relembre os principais personagens e seus momentos marcantes:

• Cercado por um ambiente bucólico, o pastor Dirceu [①] canta seu amor pela pastora Marília [②]. Ele, que tinha um coração duro, após ser apanhado pelo Cupido [③], entrega-se à paixão pela moça. Sua vida passa a girar em torno da jovem, cuja beleza supera a da mais encantadora das deusas, Vênus [④], mãe de Cupido.

• Enquanto exalta sua amada, Dirceu se dá conta da impossibilidade de fugir do amor. Tanto homens quanto deuses são arrebatados por tal sentimento, que, apesar de sublime, causa dor e pode levar qualquer um a cometer loucuras; além de, por vezes, ser permeado pelo ciúme. Até Marília, sempre coberta por declarações de amor eterno, sente ciúmes de Dirceu ao ver outra pastora demonstrando interesse por ele.

• O amor de Dirceu é tão grande que ele faria qualquer coisa por Marília, tal qual o lendário Orfeu [⑤], que foi ao inferno resgatar a amada. Isso faz o pastor perceber que bens materiais não valem nada perto de ter alguém para compartilhar a vida, e diz isso ao amigo Alceu [⑥]. O que de fato importa são as virtudes e dotes. Mas, às vezes, essas qualidades parecem existir em pessoas que, na verdade, são feras, como Eulina [⑦], por quem outro amigo, Glauceste [⑧], suspira e sofre.

• Consciente de que tudo pode mudar a qualquer momento, Dirceu aproveita cada instante com Marília, e pensa no futuro, sonhando envelhecer ao lado dela. Ele imagina que constantemente relembrará tudo que viveram e morrerá feliz.

⑤ **Orfeu**

atinge

③ **Cupido**

mãe

④ **Vênus**

② **Marília**

namorados

⑨ **Visconde de Barbacena**

rivais

⑩ **Deusa Fortuna**

mexe com o destino de

- De fato, tudo acaba se transformando na vida do apaixonado pastor. Ele é preso em uma masmorra, entregue por um velho amigo, o Visconde de Barbacena [⑨], acusado de estar envolvido na Inconfidência Mineira. Assim, a vida ao lado de Marília é interrompida. Porém, em meio a toda tristeza sentida e aos lamentos pela sua sorte, Dirceu não tem medo de nada, pois sabe que é inocente e está certo de que um dia a verdade virá à tona.

- Preso entre paredes sujas e feias, Dirceu sente-se envelhecer, os cabelos embranquecem e tornam-se ralos. Porém, não é só o tempo o culpado; a desolação na qual vive também faz com que ele defiñe. Contudo, o pastor acredita que, ao reencontrar Marília, rejuvenescerá. Por isso, precisa conseguir se manter forte, porque não pode morrer sem rever seu grande amor.

- Dirceu remói pensamentos acerca da injustiça de sua prisão, do absurdo de pessoas más estarem livres e ele, encarcerado. Apesar disso, não importa o que aconteça, sabe que sempre preferirá manter sua honra e virtude. O pastor chega até a repelir a deusa Fortuna [⑩], que lhe oferece riqueza e nobreza, pois esse tipo de coisa não lhe interessa. Na verdade, só o que importa mesmo é voltar para Marília. Perder a amada é pior do que estar preso.

- O pastor sonhador, com o coração devorado pela saudade, fantasia, então, estar livre, partindo com a amada para Portugal, sua terra natal. No entanto, o destino não quis que o sonho se realizasse, e Dirceu acaba deixando o Brasil sem Marília, tendo de dar adeus a seu amor.

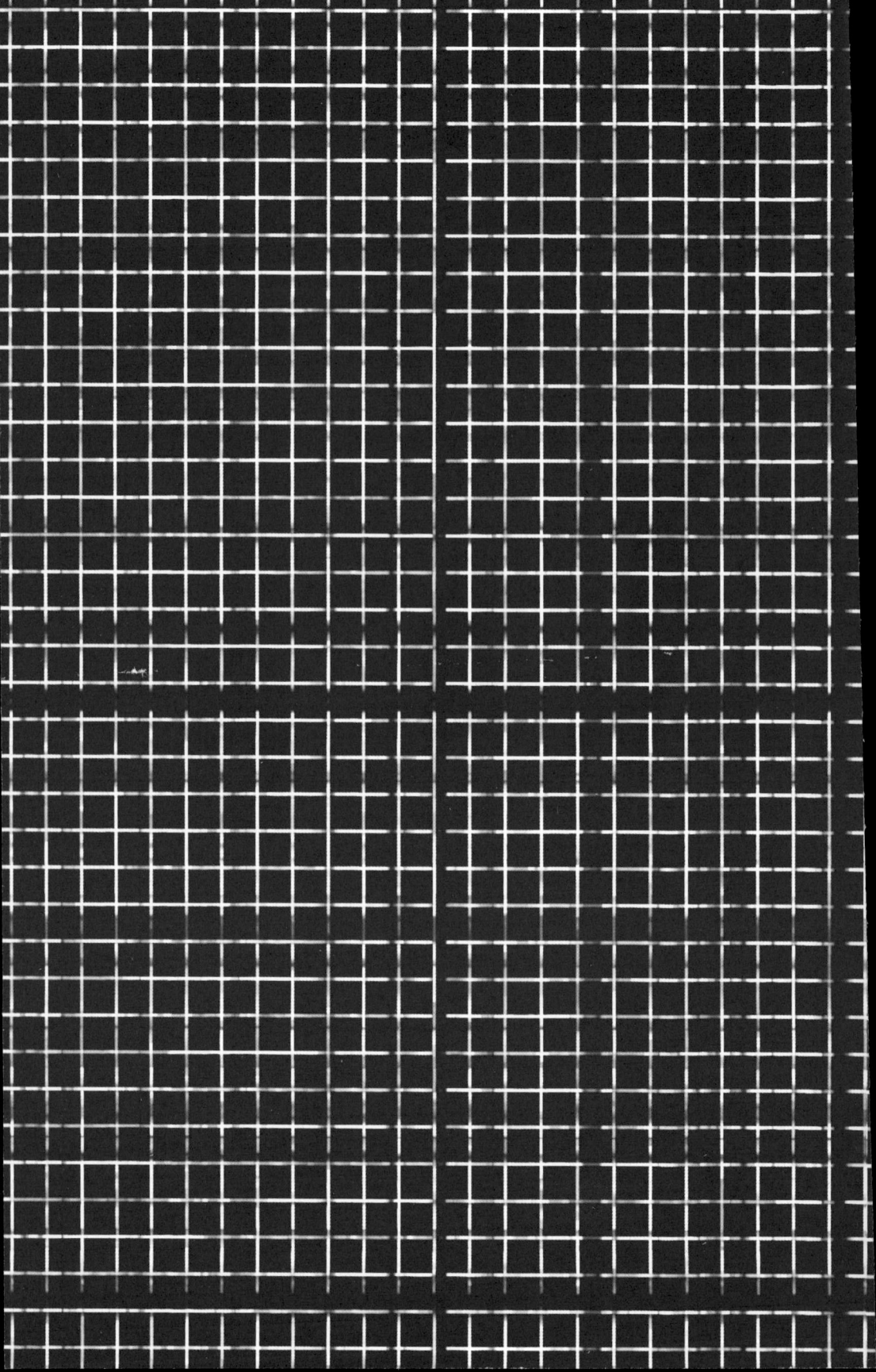